初中语文延展阅读丛书

济南的冬天

老舍 / 著　熊伟 / 批注

人民文学出版社　天天出版社

图书在版编目（CIP）数据

济南的冬天 / 老舍著 ; 熊伟批注. -- 北京 : 天天出版社, 2025.2. -- (初中语文延展阅读丛书).
ISBN 978-7-5016-2429-4

Ⅰ. I216.2

中国国家版本馆CIP数据核字第2024J5K907号

| 责任编辑：马晓冉 | 美术编辑：曲　蒙 |
| 责任印制：康远超　张　璞 | |

出版发行：天天出版社有限责任公司
地　址：北京市东城区东中街42号　　　　邮编：100027
市场部：010-64169002

印　刷：河北星强印刷有限公司	经　销：全国新华书店等
开　本：650×960　1/16	印　张：11
版　次：2025年2月北京第1版	印　次：2025年2月第1次印刷
字　数：127千字	

书　号：978-7-5016-2429-4　　　　　　　　定　价：26.00元

版权所有·侵权必究
如有印装质量问题,请与本社市场部联系调换。

老舍先生的三副面容

李 玲

提笔写这篇序言的时候，四处传来噼里啪啦的爆竹声。猛然想起老舍先生的农历生日正是小年。岁末的萧索与爆竹的喜庆，似乎早就奠定了老舍先生的生命基调。忆念老舍先生，三副不同的面容便交织着浮现在我的脑海中。

第一副是安恬的面容。"面向着积水潭，背后是城墙，坐在石上看水中的小蝌蚪或苇叶上的嫩蜻蜓，我可以快乐的坐一天，心中完全安适，无所求也无可怕，像小儿安睡在摇篮里。"老舍对北京的情感是一个人对生于斯长于斯的乡土的眷恋。在他心中，北京不是彰显皇权或施展政治谋略之地，而是让自己的心灵得到安宁的温馨家园。所以，他把北京比作自己的摇篮，把自己对北京的爱比作对母亲的爱。他说："……我的最初的知识与印象都得自北平，它是在我的血里，我的性格与脾气里有许多地方是这古城所赐给的。"正是这城与人和谐共生的关系，奠定了老舍生命的安宁感。对故土的热爱，也成全了老舍的文学成就。故乡能在心里扎根，真是有福！无论是漂泊在伦敦、新加坡、纽约，还是辗转于青岛、武汉、重庆，他都是那带线的风筝，心有所系，心有所归。

第二副是悲哀的面容。读老舍先生的作品，我既感动于他对笔下人物的热爱之情，也震慑于他那悲剧性的生命体验。他是那么喜欢自己创造的洋车夫祥子，叙述起祥子的故事，他就像一个慈爱的父亲在向左邻右舍絮叨独子的种种行状。他为祥子的勤勉节俭自豪，也为祥子的淳朴忠厚感到骄傲。但是，老舍的故事走向从来都不是善有善报、恶有恶报，而总是好人没有善终。他让心爱的祥子最终变成了一具行尸走肉。他痛心地告诉读者，这不是祥子自己的过错，而是不公平的社会没有给祥子生路。"坏嘎嘎是好人削成的。"他代祥子向社会发出了沉痛的控诉。凡贴着老舍的心而生长出来的小说人物，他总是无奈地认定着他们无地生存的命运。这是怎样的生命悲感啊！

这种骨子里的荒凉感来自何处？是投射了早年父亡家贫的困窘生活印迹，还是感应了旗人在清末历史剧变中的悲剧命运，抑或是体验了中华民族十九世纪中叶以来遭强权践踏、欺凌的耻辱？或者说，只是基于天赋的个性气质？也许准确的判断应该是来自这四种因素的合力。

尽管老舍代祥子们对社会不公发出了最沉痛的控诉，但是，他并不鼓动那些不幸的底层人起来革命。他不是写《水浒传》的施耐庵，也不是写《暴风骤雨》的周立波。他从来都不愿意社会走向动荡，而十分担心人的道德败坏。他盼望有一个合理、稳定的社会秩序，能让勤勉的车夫、本分的商人、负责任的巡警都能靠自己的本事吃上饭、过上有尊严的生活。他痛恨各种投机取巧、恃强凌弱、不负责任。他赞赏不计名利的埋头苦干。他常用"豪横"这个词赞美在贫困中自尊自爱、刚强有骨气的人。"肚子里可是只有点稀粥与窝窝头，身上到冬天没有一件厚实的棉袄，我不求人白给点什么，还讲仗着力气与本事挣饭吃，豪横了一辈子，到死我还不能输这口气。"这是《我这一辈子》中那个失业老巡警的自白。豪横的人，硬气是对自己的，不是对别人的。老舍自己一辈子也是这样的孤高豪横。他是良民，但也必须是良序社会才配得上他。可是事实上，他一生的多数时光都是在乱世中度过。

第三副是谑笑的面容。他在乱世中笑一切可笑之事，被人戏封为笑王。他有时含着眼泪笑生活中的矛盾。"改良！改良！越改越凉，冰凉！"《茶馆》中李三的这句台词，让观众忍俊不禁，却也让人觉得心酸。他有时并没有那么沉重，只是为了营造一点快乐的气氛而笑。"换毛的鸡""狗长犄角"就是他对牛天赐这个普通孩子的善意调侃。他要用笑声为萧索的世界点燃一串炮仗，为自己、为笔下的苦人制造一点生命的暖意。

这一套老舍作品选集，展示的虽然只是老舍创作的一角，但是由于选篇精粹，实际上已经完整地展示了老舍先生的这三副面容。哦，其实何止是这三副面容。还有他对动物、花草的爱，还有他对他乡风景的欣赏，还有他对中国文化的反思。还有许多呢。

他的乡情是否能触动你的故乡之思？他的同情心、他的道德感是否能给你以精神力量？他的笑声是否能给你的生命添彩？如果读一遍不能，那么，读两遍、三遍就一定能！而且，不妨开口诵读，因为老舍作品的语言特别注重四声匀称、平仄和韵。多读，你还能深切领会到现代汉语的音乐美。

李玲，北京语言大学教授、博士生导师，兼任中国老舍研究会副会长、冰心研究会副会长、茅盾研究会副会长等。

目 录

小麻雀 ……………………………………… 001

猫 ………………………………………… 006

母鸡 ……………………………………… 011

趵突泉的欣赏 …………………………… 014

草原 ……………………………………… 018

林海 ……………………………………… 021

济南的冬天 ……………………………… 024

春风 ……………………………………… 027

养花 ……………………………………… 030

抬头见喜 ………………………………… 033

想北平 …………………………………… 039

北京的春节 ……………………………… 044

贺年 ……………………………………… 052

我的母亲 ………………………………… 057

宗月大师	067
断魂枪	074
马裤先生	088
小铃儿	098
铁牛和病鸭	109
邻居们	129
抓药	148

小麻雀

雨后,院里来了个麻雀,刚长全了羽毛。它在院里跳,有时飞一下,不过是由地上飞到花盆沿上,或由花盆上飞下来。看它这么飞了两三次,我看出来:它并不会飞得再高一些,它的左翅的几根长翎拧在一处,有一根特别的长,似乎要脱落下来。我试着往前凑,它跳一跳,可是又停住,看着我,小黑豆眼带出点要亲近我又不完全信任的神气。我想到了:这是个熟鸟,也许是自幼便养在笼中的。所以它不十分怕人。可是它的左翅也许是被养着它的或别个孩子给扯坏,所以它爱人,又不完全信任。想到这个,我忽然的很难过。一个飞禽失去翅膀是多么可怜。这个小鸟离了人恐怕不会

> 这是老舍先生的一篇托物言志的散文,发表于1934年7月。本文写了小麻雀受伤后的一系列遭遇,表达了作者对小麻雀的怜悯之情。作者笔下的"小麻雀"也隐喻了生活中的弱者,文章也在表达对弱者的同情。
>
> 通过对小麻雀羽毛的描写,把一只受伤的小麻雀展现在读者面前。人们看到如此可怜的小麻雀,便不由得产生怜悯之情。

> 作者由观察到同情，由同情到难过，进而发出如此深沉的感慨。

活，可是人又那么狠心，伤了它的翎羽。它被人毁坏了，而还想依靠人，多么可怜！它的眼带出进退为难的神情，虽然只是那么个小而不美的小鸟，它的举动与表情可露出极大的委屈与为难。它是要保全它那点生命，而不晓得如何是好。对它自己与人都没有信心，而又愿找到些倚靠。它跳一跳，停一停，看着我，又不敢过来。我想拿几个饭粒诱它前来，又不敢离开，我怕小猫来扑它。可是小猫并没在院里，我很快的跑进厨房，抓来了几个饭粒。及至我回来，小鸟已不见了。我向外院跑去，小猫在影壁前的花盆旁蹲着呢。我忙去驱逐它，它只一扑，把小鸟擒住！

> 这只受伤的小麻雀再次遭受小猫的袭击，"尾与爪在猫嘴旁搭拉着"给后文留下了悬念，这只小麻雀不知还有没有活下去的机会，让人对这只小麻雀很痛惜。

被人养惯的小麻雀，连挣扎都不会，尾与爪在猫嘴旁搭拉着，和死去差不多。

瞧着小鸟，猫一头跑进厨房，又一头跑到西屋。我不敢紧追，怕它更咬紧了，可又不能不追。虽然看不见小鸟的头部，我还没忘了那个眼神。那个预知生命危险的眼神。那个眼神与我的好心中间隔着一只小白猫。来回跑了几次，我不追了。追上也没用了，我想，小鸟至少已半死了。猫又进了厨房，我楞了一会儿，赶紧的又追了去；那两个黑豆眼仿佛在我心内睁着呢。

进了厨房，猫在一条铁筒——冬天升火通烟用的，春天拆下来便放在厨房的墙角——旁蹲着呢。小鸟已不见了。铁筒的下端未完全扣在地上，开着一个不小的缝儿，小猫用脚往里探。我的希望回来了，小鸟没死。小猫本来才四个来月大，还没捉住过老鼠，或者还不会杀生，只是叼着小鸟玩一玩。正在这么想，小鸟，忽然出来了，猫倒像吓了一跳，往后躲了躲。小鸟的样子，我一眼便看清了，登时使我要闭上了眼。小鸟几乎是蹲着，胸离地很近，像人害肚痛蹲在地上那样。它身上并没血。身子可似乎是蜷在一块，非常的短。头低着，小嘴指着地。那两个黑眼珠！非常的黑，非常的大，不看什么，就那么顶黑顶大的楞着。它只有那么一点活气，都在眼里，像是等着猫再扑它，它没力量反抗或逃避；又像是等着猫赦免了它，或是来个救

> 作者面对小麻雀被小猫抓去的困境，在追与不追之间左右摇摆，既想救下小麻雀，又怕因为自己追着不放而害了小麻雀。

> 文章多次对小麻雀那双"小黑豆眼"进行传神描写，每一处的眼神要么搭配小鸟的动作，要么搭配小鸟的心理，都给人以心灵上的震撼，让读者从小麻雀的眼睛里读出无助、孤独，还有被赦免的希望。

星。生与死都在这俩眼里,而并不是清醒的。它是胡涂了,昏迷了;不然为什么由铁筒中出来呢?可是,虽然昏迷,到底有那么一点说不清的,生命根源的,希望。这个希望使它注视着地上,等着,等着生或死。它怕得非常的忠诚,完全把自己交给了一线的希望,一点也不动。像把生命要从两眼中流出,它不叫也不动。

小猫没再扑它,只试着用小脚碰它。它随着击碰倾侧,头不动,眼不动,还呆呆的注视着地上。但求它能活着,它就决不反抗。可是并非全无勇气,它是在猫的面前不动!我轻轻的过去,把猫抓住。将猫放在门外,小鸟还没动。我双手把它捧起来。它确是没受了多大的伤,虽然胸上落了点毛。它看了我一眼!

我没主意:把它放了吧,它准是死?养着它吧,家中没有笼子。我捧着它好像世上一切生命都在我的掌中似的,我不知怎样好。小鸟不动,蜷着身,两眼还那么黑,等着!楞了好久,我把它捧到卧室里，放在桌子上，看着它，它又楞了半天，忽然头向左右歪了歪，<u>用它的黑眼睛睁了一下</u>；又不动了，可是身子长出来一些，还低头看着，似乎明白了点什么。

这个结尾耐人寻味，小麻雀在经历生死之后"用它的黑眼睛睁了一下"，后又"低头"，这一睁眼是在看世界的残酷，感谢我的帮助，这一"低头"意味着懦弱地认命，小麻雀的遭遇让读者读出人生的绝望，也许还明白了生命需要抗争。

猫

猫的性格实在有些古怪。说它老实吧，它的确有时候很乖。它会找个暖和地方，成天睡大觉，无忧无虑。什么事也不过问。可是，赶到它决定要出去玩玩，就会走出一天一夜，任凭谁怎么呼唤，它也不肯回来。说它贪玩吧，的确是呀，要不怎么会一天一夜不回家呢？可是，及至它听到点老鼠的响动啊，它又多么尽职，闭息凝视，一连就是几个钟头，非把老鼠等出来不拉倒！

它要是高兴，能比谁都温柔可亲：用身子蹭你的腿，把脖儿伸出来要求给抓痒，或是在你写稿子的时候，跳上桌来，在纸上踩印几朵小梅花。它还会丰富多腔地叫唤，长短不同，粗细各异，变化

本文介绍了猫"老实与贪玩""温柔可亲与沉默不语""胆小与勇猛""活泼与可爱"的基本特性，作者用"古怪"来形容猫的个性，通过朴实无华的语言、细致入微的描写，让"猫"的形象越来越丰满，性格特征也随之更加生动鲜明，给读者留下极其深刻的印象。

作者连用了两个"的确"和两处"可是"，把猫的"老实又贪玩""贪玩又尽职"写得真实形象、如见其形，这种"矛盾"现象是它"古怪"性格的第一种表现。

济南的冬天

多端,力避单调。在不叫的时候,它还会咕噜咕噜地给自己解闷。这可都凭它的高兴。它若是不高兴啊,无论谁说多少好话,它一声也不出,连半个小梅花也不肯印在稿纸上!它倔强得很!

是,猫的确是倔强。看吧,大马戏团里什么狮子、老虎、大象、狗熊,甚至于笨驴,都能表演一些玩艺儿,可是谁见过耍猫呢?(昨天才听说:苏联的某马戏团里确有耍猫的,我当然还没亲眼见过。)

这种小动物确是古怪。不管你多么善待它,它也不肯跟着你上街去逛逛。它什么都怕,总想藏起来。可是它又那么勇猛,不要说见着小虫和老鼠,就是遇上蛇也敢斗一斗。它的嘴往往被蜂儿或蝎子螫的肿起来。

赶到猫儿们一讲起恋爱来,那就闹得一条街的人们都不能安睡。它们的叫声是那么尖锐刺耳,使人觉得世界上若是没有猫啊,一定会更平静一些。

可是,及至女猫生下两三个棉花团似的小猫

> 作者用具体事例写了猫高兴的时候温柔可亲,不高兴的时候任谁哄也不闻不顾,这是它"古怪"性格的第二种表现,作者说这是倔强。

> 作者写了猫胆小又勇猛的古怪性格。

啊，你又不恨它了。它是那么尽责地看护儿女，连上房兜兜风也不肯去了。

郎猫可不那么负责，它丝毫不关心儿女。它或睡大觉，或上屋去乱叫，有机会就和邻居们打一架，身上的毛儿滚成了毡，满脸横七竖八都是伤痕，看起来实在不大体面。好在它没有照镜子的习惯，依然昂首阔步，大喊大叫，它匆忙地吃两口东西，就又去挑战开打。有时候，它两天两夜不回家，可是当你以为它可能已经远走高飞了，它却瘸着腿大败而归，直入厨房要东西吃。

过了满月的小猫们真是可爱，腿脚还不甚稳，可是已经学会淘气。妈妈的尾巴，一根鸡毛，都是它们的好玩具，耍上没结没完。一玩起来，它们不知要摔多少跟头，但是跌倒即马上起来，再跑再跌。它们的头撞在门上，桌腿上，和彼此的头上。撞疼了也不哭。

它们的胆子越来越大，逐渐开辟新的游戏场所。它们到院子里来了。院中的花草可遭了殃。它

> 这两段通过小猫的各种玩耍姿态和"搞破坏"的"战绩"，体现了小猫可爱又淘气的特点，让人又爱又恨，却不忍责打。

们在花盆里摔跤，抱着花枝打秋千，所过之处，枝折花落。你不肯责打它们，它们是那么生气勃勃，天真可爱呀。可是，也爱花。这个矛盾就不易处理。

现在，还有新的问题呢：老鼠已差不多都被消灭了，猫还有什么用处呢？而且，猫既吃不着老鼠，就会想办法去偷捉鸡雏或小鸭什么的开开斋。这难道不是问题吗？

在我的朋友里颇有些位爱猫的。不知他们注意到这些问题没有？记得二十年前在重庆住着的时候，那里的猫很珍贵，须花钱去买。在当时，那里的老鼠是那么猖狂，小猫反倒须放在笼子里养着，以免被老鼠吃掉。据说，目前在重庆已很不容易见到老鼠。那么，那里的猫呢？是不是已经不放在笼子里，还是根本不养猫了呢？这须打听一下，以备参考。

也记得三十年前，在一艘法国轮船上，我吃过一次猫肉。事前，我并不知道那是什么肉，因为不识法文，看不懂菜单。猫肉并不难吃，虽不甚香美，可也没什么怪味道。是不是该把猫都送往法国轮船上去呢？我很难作出决定。

猫的地位的确降低了，而且发生了些小问题。可是，我并不为猫的命运多耽什么心思。想想看吧，要不是灭鼠运动得到了很大的成功，消除了巨害，猫的威风怎会减少了呢？两相比较，灭鼠比爱猫更重要的多，不是吗？我想，世界上总会有那么一天，一切都机械化了，不是连驴马也会有点问题吗？可是，谁能因耽忧驴马没有事作而放弃了机械化呢？

母鸡

　　一向讨厌母鸡。不知怎样受了一点惊恐。听吧，它由前院嘎嘎到后院，由后院再嘎嘎到前院，没结没完，而并没有什么理由；讨厌！有的时候，它不这样乱叫，可是细声细气的，有什么心事似的，颤颤微微的，顺着墙根，或沿着田坝，那么扯长了声如怨如诉，使人心中立刻结起个小疙瘩来。

　　它永远不反抗公鸡。可是，有时候却欺侮那最忠厚的鸭子。更可恶的是它遇到另一只母鸡的时候，它会下毒手，乘其不备，狠狠的咬一口，咬下一撮儿毛来。

　　到下蛋的时候，它差不多是发了狂，恨不能使全世界都知道它这点成绩；就是聋子也会被它吵得

> 文章第一段表明了作者对母鸡的讨厌，这一态度统领了文章的第一段到第三段。这一段用"嘎嘎""没结没完""细声细气""颤颤巍巍""如怨如诉"等词形容母鸡的叫声，这是作者讨厌母鸡的第一个原因——无病呻吟。

> 第二段写作者讨厌母鸡的第二个原因——欺软怕硬。

> 运用夸张手法，写出作者讨厌母鸡的第三个原因——拼命炫耀。

> 第四段是一个过渡段，一个"可是"转到下文，作者改变了对母鸡的态度。
>
> 通过"听""挺""看"这一系列动词写出了随时准备为保护孩子而战斗的勇敢、负责的母鸡妈妈形象。
>
> 用对比手法突出母鸡对鸡雏的慈爱。

受不下去。

可是，现在我改变了心思，我看见一只孵出一群小雏鸡的母亲。

不论是在院里，还是在院外，它总是挺着脖儿，表示出世界上并没有可怕的东西。一个鸟儿飞过，或是什么东西响了一声，它立刻警戒起来，歪着头儿听；挺着身儿预备作战；看看前，看看后，咕咕的警告鸡雏要马上集合到它身边来！

当它发现了一点可吃的东西，它咕咕的紧叫，啄一啄那个东西，马上便放下，教它的儿女吃。结果，每一只鸡雏的肚子都圆圆的下垂，像刚装了一两个汤圆儿似的，它自己却削瘦了许多。假若有别的大鸡来抢食，它一定出击，把它们赶出老远，连大公鸡也怕它三分。

它教给鸡雏们啄食，掘地，用土洗澡；一天教多少多少次。它还半蹲着——我想这是相当劳累的——教它们挤在它的翅下、胸下，得一点温暖。它若伏在地上，鸡雏们有的便爬在它的背上，啄它的头或别的地方，它一声也不哼。

在夜间若有什么动静，它便放声啼叫，顶尖锐、顶凄惨，使任何贪睡的人也得起来看看，是不是有了黄鼠狼。

<u>它负责、慈爱、勇敢、辛苦，因为它有了一群鸡雏。它伟大，因为它是鸡母亲。一个母亲必定就是一位英雄。</u>我不敢再讨厌母鸡了。

文章最后表明作者对母鸡的情感变化，由开始的讨厌母鸡到后来不敢讨厌母鸡，因为它是一位伟大的母亲。

趵突泉的欣赏

千佛山、大明湖和趵突泉,是济南的三大名胜。现在单讲趵突泉。

在西门外的桥上,便看见一溪活水,清浅,鲜洁,由南向北的流着。这就是由趵突泉流出来的。设若没有这泉,济南定会丢失了一半的美。但是泉的所在地并不是我们理想中的一个美景。这又是个中国人的征服自然的办法,那就是说,凡是自然的恩赐交到中国人手里就会把它弄得丑陋不堪。这块地方已经成了个市场。南门外是一片喊声,几阵臭气,从卖大碗面条与肉包子的棚子里出来。进了门有个小院,差不多是四方的。这里,"一毛钱四块!"和"两毛钱一双!"的喊声,与外面的"吃

> 作者由美景写到人与环境,"一片喊声""几阵臭气""接联不断的棚子与地摊""东洋布""买一件东西还三次价"这一系列看似与主题无关的描绘,让人感觉不协调,也表达出作者的愤懑。

济南的冬天

来"联成一片。一座假山，奇丑；穿过山洞，接联不断的棚子与地摊，东洋布，东洋磁，东洋玩具，东洋……加劲的表示着中国人怎样热烈的"不"抵制劣货。这里很不易走过去，乡下人一群跟着一群的来，把路塞住。他们没有例外的全买一件东西还三次价，走开又回来摸索四五次。小脚妇女更了不得，你往左躲，她往左扭；你往右躲，她往右扭，反正不许你痛快的过去。

到了池边，北岸上一座神殿，南西东三面全是唱鼓书的茶棚，唱的多半是梨花大鼓，一声"哟"要拉长几分钟，猛听颇像产科医院的病室。除了茶棚还是日货摊子，说点别的吧！

> 这一句承上启下，接下来作者将视角由集市移向泉水，色彩由晦暗转为光明。

泉太好了。泉池差不多见方，三个泉口偏西，北边便是条小溪流向西门去。看那三个大泉，一年四季，昼夜不停，老那么翻滚。你立定呆呆的看三分钟，你便觉出自然的伟大，使你不敢再正眼去看。永远那么纯洁，永远那么活泼，永远那么鲜明，冒，冒，冒，永不疲乏，永不退缩，只是自然有这样的力量！冬天更好，泉上起了一片热气，白而轻软，在深绿的长的水藻上飘荡着，使你不由的想起一种似乎神秘的境界。

池边还有小泉呢：有的像大鱼吐水，极轻快的上来一串小泡；有的像一串明珠，走到中途又歪下去，真像一串珍珠在水里斜放着；有的半天才上来一个泡，大，扁一点，慢慢的，有姿态的，摇动上来；碎了；看，又来了一个！有的好几串小碎珠一齐挤上来，像一朵攒整齐的珠花，雪白。有的……这比那大泉还更有味。

新近为增加河水的水量，又下了六根铁管，做成六个泉眼，水流得也很旺，但是我还是爱那原来的三个。

看完了泉，再往北走，经过一些货摊，便出了北门。

前年冬天一把大火把泉池南边的棚子都烧了。有机会改造了！造成一个公园，各处安着喷水管！东边作个游泳池！有许多人这样的盼望。可是，席

> 作者对小泉的描写极为轻松优美，用比喻把各种姿态形容得生动形象。特别是小泉的水泡"碎了""又来一个"，写出了小泉勃发的生命力，前赴后继，永不枯竭。

棚又搭好了，渐次改成了木板棚；乡下人只知道趵突泉，把摊子移到"商场"去（就离趵突泉几步）买卖就受损失了；于是"商场"四大皆空，还叫趵突泉作日货销售场；也许有道理。

草原

这篇文章是老舍先生1961年到草原访问陈巴尔虎旗时写的一篇散文。作者以细腻清新的语言记叙了初入草原的所见、所闻、所感。

这是本段的中心句，概括了草原辽阔、碧绿的特点。

第一段描绘了天空、草地、小丘、羊群、骏马和大牛构成的一碧千里的草原风光，使人心旷神怡，不禁想高歌、想低吟，由此景产生的对草原的热爱之情跃然纸上。

这次，我看到了草原。那里的天比别处的更可爱，空气是那么清鲜，天空是那么明朗，使我总想高歌一曲，表示我满心的愉快。在天底下，一碧千里，而并不茫茫。四面都有小丘，平地是绿的，小丘也是绿的。羊群一会儿上了小丘，一会儿又下来，走在哪里都像给无边的绿毯绣上了白色的大花。那些小丘的线条是那么柔美，就像只用绿色渲染，不用墨线勾勒的中国画那样，到处翠色欲流，轻轻流入云际。这种境界，既使人惊叹，又叫人舒服，既愿久立四望，又想坐下低吟一首奇丽的小诗。在这境界里，连骏马和大牛都有时候静立不动，好像回味着草原的无限乐趣。

济南的冬天

我们访问的是陈巴尔虎旗。汽车走了一百五十里，才到达目的地。一百五十里全是草原。再走一百五十里，也还是草原。草原上行车十分洒脱，只要方向不错，怎么走都可以。初入草原，听不见一点儿声音，也看不见什么东西，除了一些忽飞忽落的小鸟。走了许久，远远地望见了一条迂回的明如玻璃的带子——河！牛羊多起来，也看到了马群，隐隐有鞭子的轻响。快了，快到了。忽然，像被一阵风吹来似的，远处的小丘上出现了一群马，马上的男女老少穿着各色的衣裳，群马疾驰，襟飘带舞，像一条彩虹向我们飞过来。这是主人来到几十里外欢迎远客。见到我们，主人们立刻拨转马头，欢呼着，飞驰着，在汽车左右与前面引路。静寂的草原热闹起来：欢呼声，车声，马蹄声，响成一片。车跟着马飞过小丘，看见了几座蒙古包。

蒙古包外，许多匹马，许多辆车。人很多，都是从几十里外乘马或坐车来看我们的。主人们下了马，我们下了车。也不知道是谁的手，总是热乎乎

> 把前来迎接的主人们比作"一条彩虹"，突出了衣裳的鲜艳，"飞过来"突出速度之快，表现了主人们欢迎远客的迫切心情。

地握着，握住不散。大家的语言不同，心可是一样。握手再握手，笑了再笑。你说你的，我说我的，总的意思是民族团结互助。

也不知怎的，就进了蒙古包。奶茶倒上了，奶豆腐摆上了，主客都盘腿坐下，谁都有礼貌，谁都又那么亲热，一点儿不拘束。不大一会儿，好客的主人端进来大盘的手抓羊肉。干部向我们敬酒，七十岁的老翁向我们敬酒。我们回敬，主人再举杯，我们再回敬。这时候，鄂温克姑娘们戴着尖尖的帽子，既大方，又稍有点儿羞涩，来给客人们唱民歌。我们同行的歌手也赶紧唱起来。歌声似乎比什么语言都更响亮，都更感人，不管唱的是什么，听者总会露出会心的微笑。

饭后，小伙子们表演套马、摔跤，姑娘们表演了民族舞蹈。客人们也舞的舞，唱的唱，并且要骑一骑蒙古马。太阳已经偏西，谁也不肯走。是呀！蒙汉情深何忍别，天涯碧草话斜阳！

> 用蒙古族特有的食品款待客人们，体现了蒙古族同胞热情好客的特点。

> 这是全文的中心句，是作者感情的升华，点明了作者流连忘返、不舍离去的原因是草原的景色美和人情美，表达了蒙汉人民团结友爱的感情。

林海

  我总以为大兴安岭奇峰怪石，高不可攀。这回有机会看到它，并且走进原始森林，脚落在积得几尺厚的松针上，手摸到那些古木，才证实了这个悦耳的名字是那样亲切与舒服。

  大兴安岭这个"岭"字，跟秦岭的"岭"字可大不一样。这里岭的确很多，横着的，顺着的，高点儿的，矮点儿的，长点儿的，短儿点的，可是没有一条使人想起"云横秦岭"那种险句。多少条岭啊，在疾驰的火车上看了几个钟头，既看不完，也看不厌。每条岭都是那么温柔，自山脚至岭顶长满了珍贵的树木，谁也不孤峰突起，盛气凌人。

  目之所及，哪里都是绿的。的确是林海。群岭

"亲切""舒服"在文中共出现三次，这是第一次。作者亲眼看到大兴安岭，它不是自己想象中的"奇峰怪石"，也并非"高不可攀"，它给作者带来亲切、舒适的感受。

起伏是林海的波浪。多少种绿颜色呀：深的，浅的，明的，暗的，绿得难以形容。恐怕只有画家才能够描绘出这么多的绿色来呢！

兴安岭上千般宝，第一应夸落叶松。是的，这是落叶松的海洋。看，海边上不是还泛着白色的浪花吗？那是些俏丽的白桦，树干是银白色的。在阳光下，大片青松的边沿闪动着白桦的银裙，不是像海边上的浪花吗？

两山之间往往流动着清可见底的小河。河岸上有多少野花呀。我是爱花的人，到这里我却叫不出那些花的名儿来。<u>兴安岭多么会打扮自己呀：青松作衫，白桦为裙，还穿着绣花鞋。</u>连树与树之间的空隙也不缺乏色彩：松影下开着各种的小花，招来各色的小蝴蝶——它们很亲热地落在客人的身上。花丛里还隐藏着珊瑚珠似的小红豆，兴安岭中酒厂所造的红豆酒就是用这些小野果酿成的，味道很好。

看到那数不尽的青松白桦，谁能不向四面八方

> 这个比喻渗透着作者无限的喜爱之情。

望一望呢？有多少省市用过这里的木材呀！大至矿井、铁路，小至椽柱、桌椅。千山一碧，万古长青，恰好与广厦、良材联系在一起。所以，兴安岭越看越可爱！它的美丽就与建设结为一体，美的并不空洞，叫人心中感到亲切、舒服。

及至看到了林场，这种亲切之感便更加深厚了。我们伐木取材，也造林护苗，一手砍，一手栽。我们不仅取宝，也作科学研究，使林海不但能够万古长青，而且可以综合利用。山林中已经有不少的市镇，给兴安岭添上了新的景色，添上了愉快的劳动歌声。人与山的关系日益密切，怎能不使我们感到亲切、舒服呢？我不晓得当初为什么管它叫做兴安岭，由今天看来，它的确含有兴国安邦的意义。

"亲切""舒服"第二次出现在文中，大兴安岭还为祖国建设提供了充足的资源，同祖国建设融为一体，这让作者感到亲切舒服。

"亲切""舒服"第三次出现。参观林场后，"这种亲切之感更加深厚了"，因为作者在林场看到了"人与山的关系日益密切"，人们不仅伐木取材，还造林护苗，使林海万古长青。

济南的冬天

> 文章开篇通过和北平冬天多风，伦敦多雾，热带日光的毒、天气响亮对比，写济南冬天无风声、无重雾、无毒日的"奇迹""怪事"，突出它独有的"温晴"，赞赏它是个"宝地"。

对于一个在北平住惯的人，像我，冬天要是不刮风，便觉得是奇迹；济南的冬天是没有风声的。对于一个刚由伦敦回来的人，像我，冬天要能看得见日光，便觉得是怪事；济南的冬天是响晴的。自然，在热带的地方，日光是永远那么毒，响亮的天气，反有点叫人害怕。可是，在北中国的冬天，而能有温晴的天气，济南真得算个宝地。

> 用了比喻、拟人的修辞手法，用"小摇篮"比喻小山围城的地理环境，同时赋予小山以人的情感，把小山写得很温情可爱。

设若单单是有阳光，那也算不了出奇。请闭上眼睛想：一个老城，有山有水，全在天底下晒着阳光，暖和安适地睡着，只等春风来把它们唤醒，这是不是个理想的境界？小山整把济南围了个圈儿，只有北边缺着点口儿。这一圈小山在冬天特别可

济南的冬天

爱,好像是把济南放在一个小摇篮里,它们安静不动地低声地说:"你们放心吧,这儿准保暖和。"真的,济南的人们在冬天是面上含笑的。他们一看那些小山,心中便觉得有了着落,有了依靠。他们由天上看到山上,便不知不觉地想起:"明天也许就是春天了吧?这样的温暖,今天夜里山草也许就绿起来了吧?"就是这点幻想不能一时实现,他们也并不着急,因为有这样慈善的冬天,干啥还希望别的呢!

最妙的是下点小雪呀。看吧,山上的矮松越发的青黑,树尖上顶着一髻儿白花,好像日本看护妇。山尖全白了,给蓝天镶上一道银边。山坡上,有的地方雪厚点,有的地方草色还露着;这样,一道儿白,一道儿暗黄,给山们穿上一件带水纹的花衣;看着看着,这件花衣好像被风儿吹动,叫你希望看见一点更美的山的肌肤。等到快日落的时候,微黄的阳光斜射在山腰上,那点薄雪好像忽然害了羞,微微露出点粉色。就是下小雪吧,济南是受不

"带水纹的花衣"这个比喻传神地描绘了雪色与草色相间的美景,使小雪下的冬景充满了动态的美。

第三段描写薄雪覆盖下的山,运用了移步换景的手法,从山上的矮松写到山尖、山坡和山腰的薄雪,自上而下,把雪的光、色、态逐步展现在读者面前,表现济南冬天的秀美。

住大雪的，那些小山太秀气！

古老的济南，城内那么狭窄，城外又那么宽敞，山坡上卧着些小村庄，小村庄的房顶上卧着点雪，对，这是张小水墨画，也许是唐代的名手画的吧。

那水呢，不但不结冰，倒反在绿萍上冒着点热气，水藻真绿，把终年贮蓄的绿色全拿出来了。天儿越晴，水藻越绿，就凭这些绿的精神，水也不忍得冻上，况且那些长枝的垂柳还要在水里照个影儿呢！看吧，由澄清的河水慢慢往上看吧，空中，半空中，天上，自上而下全是那么清亮，那么蓝汪汪的，整个的是块空灵的蓝水晶。这块水晶里，包着红屋顶，黄草山，像地毯上的小团花的小灰色树影；这就是冬天的济南。

> 最后一段描写水色，作者描写绿萍的绿、水藻的绿、水面柳影的绿，衬托出水的绿，再由水的绿联想到绿的精神，联想到春意盎然的生机。

春风

　　济南与青岛是多么不相同的地方呢！一个设若比作穿肥袖马褂的老先生，那一个便应当是摩登的少女。可是这两处不无相似之点。拿气候说吧，济南的夏天可以热死人，而青岛是有名的避暑所在；冬天，济南也比青岛冷。但是，两地的春秋颇有点相同。济南到春天多风，青岛也是这样；济南的秋天是长而晴美，青岛亦然。

　　对于秋天，我不知应爱哪里的：济南的秋是在山上，青岛的是海边。济南是抱在小山里的；到了秋天，小山上的草色在黄绿之间，松是绿的，别的树叶差不多都是红与黄的。就是那没树木的山上，也增多了颜色——日影、草色、石层，三者能配合

> 文章开篇把济南和青岛两个城市进行对比，用形象的比喻，写出济南的古朴和青岛的时尚，为后文写两地气候的比较做了铺垫。

> 第二段极力写出了济南和青岛秋天的好，济南的秋好在山上的景色，青岛的秋好在海上的景色，衬托下文作者对春风的态度。

出种种的条纹，种种的影色。配上那光暖的蓝空，我觉到一种舒适安全，只想在山坡上似睡非睡的躺着，躺到永远。青岛的山——虽然怪秀美——不能与海相抗，秋海的波还是春样的绿，可是被清凉的蓝空给开拓出老远，平日看不见的小岛清楚的点在帆外。这远到天边的绿水使我不愿思想而不得不思想；一种无目的的思虑，要思虑而心中反倒空虚了些。济南的秋给我安全之感，青岛的秋引起我甜美的悲哀。我不知应当爱哪个。

两地的春可都被风给吹毁了。所谓春风，似乎应当温柔，轻吻着柳枝，微微吹皱了水面，偷偷的传送花香，同情的轻轻掀起禽鸟的羽毛。济南与青岛的春风都太粗猛。济南的风每每在丁香海棠开花的时候把天刮黄，什么也看不见，连花都埋在黄暗中，青岛的风少一些沙土，可是狡猾，在已很暖的时节忽然来一阵或一天的冷风，把一切都送回冬天去，棉衣不敢脱，花儿不敢开，海边翻着愁浪。

两地的风都有时候整天整夜的刮。春夜的微风

作者用词很生动，"狡猾"一词写出了青岛春天天气的多变，让人们措手不及。"棉衣不敢脱，花儿不敢开，海边翻着愁浪"，连用短句，简洁富有节奏，生动地写出了作者对这种天气的无奈。

济南的冬天

送来雁叫，使人似乎多些希望。整夜的大风，门响窗户动，使人不英雄的把头埋在被子里；即使无害，也似乎不应该如此。对于我，特别觉得难堪。我生在北方，听惯了风，可也最怕风。听是听惯了，因为听惯才知道那个难受劲儿。它老使我坐卧不安，心中游游摸摸的，干什么不好，不干什么也不好。它常常打断我的希望：听见风响，我懒得出门，觉得寒冷，心中渺茫。春天仿佛应当有生气，应当有花草，这样的野风几乎是不可原谅的！我倒不是个弱不禁风的人，虽然身体不很足壮。我能受苦，只是受不住风。别种的苦处，多少是在一个地方，多少有个原因，多少可以设法减除；对风是干没办法。总不在一个地方，到处随时使我的脑子晃动，像怒海上的船。它使我说不出为什么苦痛，而且没法子避免。它自由的刮，我死受着苦。我不能和风去讲理或吵架。单单在春天刮这样的风！可是跟谁讲理去呢？苏杭的春天应当没有这不得人心的风吧？我不准知道，而希望如此。好有个地方去"避风"呀！

> 作者在这一段里写尽了春风的不可原谅。从全文来看，通过欲抑先扬的衬托手法，写济南和青岛的好，表达对两地秋天的赞扬，再引出春风的诸般不好，更能引起读者共鸣，表达了对舒适春天的向往。

养花

我爱花,所以也爱养花。我可还没成为养花专家,因为没有工夫去作研究与试验。我只把养花当作生活中的一种乐趣,花开得大小好坏都不计较,只要开花,我就高兴。在我的小院中,到夏天,满是花草,小猫儿们只好上房去玩耍,地上没有它们的运动场。

花虽多,但无奇花异草。珍贵的花草不易养活,看着一棵好花生病欲死是件难过的事。我不愿时时落泪。北京的气候,对养花来说,不算很好。冬天冷,春天多风,夏天不是干旱就是大雨倾盆;秋天最好,可是忽然会闹霜冻。在这种气候里,想把南方的好花养活,我还没有那么大的本事。因

第一段写养花的目的。第二段写养易活的花。第三段写自己摸索出的养花门道。第四段写养花须付出劳动。第五段写与别人一起分享劳动果实的乐趣。第六段写养花也有忧伤。第七段总结养花的乐趣。作者借养花一事,抒发了热爱生活的情感。

此，我只养些好种易活、自己会奋斗的花草。

不过，尽管花草自己会奋斗，我若置之不理，任其自生自灭，它们多数还是会死了的。我得天天照管它们，像好朋友似的关切它们。一来二去，我摸着一些门道：有的喜阴，就别放在太阳地里，有的喜干，就别多浇水。这是个乐趣，摸住门道，花草养活了，而且三年五载老活着、开花，多么有意思呀！不是乱吹，这就是知识呀！多得些知识，一定不是坏事。

我不是有腿病吗，不但不利于行，也不利于久坐。我不知道花草们受我的照顾，感谢我不感谢；我可得感谢它们。在我工作的时候，我总是写了几十个字，就到院中去看看，浇浇这棵，搬搬那盆，然后回到屋中再写一点，然后再出去，如此循环，把脑力劳动与体力劳动结合到一起，有益身心，胜于吃药。要是赶上狂风暴雨或天气突变哪，就得全家动员，抢救花草，十分紧张。几百盆花，都要很快地抢到屋里去，使人腰酸腿疼，热汗直流。第二

养花需要劳动，有益身心。

天，天气好转，又得把花儿都搬出去，就又一次腰酸腿疼，热汗直流。可是，这多么有意思呀！不劳动，连棵花儿也养不活，这难道不是真理吗？

送牛奶的同志，进门就夸"好香"！这使我们全家都感到骄傲。赶到昙花开放的时候，约几位朋友来看看，更有秉烛夜游的神气——昙花总在夜里放蕊。花儿分根了，一棵分为数棵，就赠给朋友们一些；看着友人拿走自己的劳动果实，心里自然特别喜欢。

当然，也有伤心的时候，今年夏天就有这么一回。三百株菊秧还在地上（没到移入盆中的时候），下了暴雨。邻家的墙倒了下来，菊秧被砸死者约三十多种，一百多棵！全家都几天没有笑容！

有喜有忧，有笑有泪，有花有实，有香有色，既须劳动，又长见识，这就是养花的乐趣。

> 全文的总结，作者对养花的乐趣总结得十分辩证，耐人寻味。"喜"和"忧"，"笑"和"泪"，"花"和"果"，"香"和"色"，既一一相对又紧密联系。欣赏自己养的花，和观赏他人养的花，感觉是不大相同的，因为欣赏自己养的花，就是享受自己的劳动成果，有一种自豪感和期待之后的成功感、欣慰感。这里集中表现了作者养花的情趣。

抬头见喜

  对于时节,我向来不特别的注意。拿清明说吧,上坟烧纸不必非我去不可,又搭着不常住在家乡,所以每逢看见柳枝发青便晓得快到了清明,或者是已经过去。对重阳也是这样,生平没在九月九登过高,于是重阳和清明一样的没有多大作用。

  端阳,中秋,新年,三个大节可不能这么马虎过去。即使我故意躲着它们,账条是不会忘记了我的。也奇怪,一个无名之辈,到了三节会有许多人惦记着,不但来信,送账条,而且要找上门来!

  设若故意躲着借款,着急,设计自杀等等,而专讲三节的热闹有趣那一面儿,我似乎是最喜爱中秋。"似乎",因为我实在不敢说准了。幼年时,中

> 作者用清明节、重阳节做例子,说明对节日的冷淡有客观理由。

> "惦记"这个词反映了作者生活的窘迫。

秋是个很可喜的节，要不然我怎么还记得清清楚楚那些"兔儿爷"的样子呢？有"兔儿爷"玩，这个节必是过得十二分有劲。可是从另一方面说，至少有三次喝醉是在中秋；酒入愁肠呀！所以说"似乎"最喜爱中秋。

事真凑巧，这三次"非杨贵妃式"的醉酒我还都记得很清楚。那么，就说上一说呀。第一次是在北平，我正住在翊教寺一家公寓里。好友卢嵩庵从柳泉居运来一坛子"竹叶青"。又约来两位朋友——内中有一位是不会喝的——大家就抄起茶碗来。坛子虽大，架不住茶碗一个劲进攻；月亮还没上来，坛子已空。干什么去呢？打牌玩吧。各拿出铜元百枚，约合大洋七角多，因这是古时候的事了。第一把牌将立起来，不晓得——至今还不晓得——我怎么上了床。牌必是没打成，因为我一睁眼已经红日东升了。

第二次是在天津，和朱荫棠在同福楼吃饭，各饮绿茵陈二两。吃完饭，到一家茶肆去品茗。我朝窗坐着,看见了一轮明月,我就吐了。这回决不是酒的作用,毛病是在月亮。第三次是在伦敦。那里的秋月是什么样子,我说不上来——也许根本没有月亮其物。中国工人俱乐部里有多人凑热闹,我和沈刚伯也去喝酒。我们俩喝了两瓶葡萄酒。酒是用葡萄还是葡萄叶儿酿的,不可得而知,反正价钱很便宜;我们俩自古至今总没作过财主。喝完,各自回寓所。一上公众汽车,我的脚忽然长了眼睛,专找别人的脚尖去踩。这回可不是月亮的毛病。

> 幽默风趣,表达了内心深处的思乡之痛。

对于中秋,大致如此——无论如何也不能说它坏。就此打住。

> 运用比喻、夸张的手法,用语幽默。形象地描写自己身在异乡的醉态。

至若端阳,似乎可有可无。粽子,不爱吃。城隍爷现在也不出巡;即使再出巡,大概也没有跟随着走几里路的兴趣。樱桃真是好东西,可惜被黑白桑葚给带累坏了。

新年最热闹,也最没劲,我对它老是冷淡的。自从一记事儿起,家中就似乎很穷。爆竹总是听别人放,我们自己是静寂无哗。记得最真的是家中一

> 《王羲之换鹅图》给作者家的新年增添了仪式感,为下文写姑姑去世后的新年景象做铺垫。

张《王羲之换鹅》图。每逢除夕，母亲必把它从个神秘的地方找出来，挂在堂屋里。姑母就给说那个故事；到如今还不十分明白这故事到底有什么意思，只觉得"王羲之"三个字倒很响亮好听。后来入学，读了《兰亭序》，我告诉先生，王羲之是在我的家里。

长大了些，记得有一年的除夕，大概是光绪三十年前的一二年，母亲在院中接神，雪已下了一尺多厚。高香烧起，雪片由漆黑的空中落下，落到火光的圈里，非常的白，紧接着飞到火苗的附近，舞出些金光，即行消灭；先下来的灭了，上面又紧跟着下来许多，像一把"太平花"倒放。我还记着这个。我也的确感觉到，那年的神仙一定是真由天上回到世间。

中学的时期是最忧郁的，四五个新年中只记得一个，最凄凉的一个。那是头一次改用阳历，旧历的除夕必须回学校去，不准请假。姑母刚死两个多月，她和我们同住了三十年的样子。她有时候很厉害，但大体上说，她很爱我。哥哥当差，不能回来。家中只剩母亲一人。我在四点多钟回到家中，母亲并没有把"王羲之"找出来。吃过晚饭，我不能不告诉母亲了——我还得回校。她愣了半天，没说什么。我慢慢的走出去，她跟着走到街门。摸着袋中的几个铜子，我不知道走了多少时候，才走到学校。路上必是很热闹，可是我并没看见，我似乎失了感觉。到了学校，学监先生正在学监室门口站着。他先问我："回来了？"我行了个礼。他点了点头，笑着叫了我一声："你还回去吧。"这一笑，永远印在我心中。假如我将来死后能入天堂，我必把这一笑带给上帝去看。

> 学监先生温暖的"笑"，给内心凄凉的作者些许慰藉。

我好像没走就又到了家，母亲正对着一枝红烛坐着呢。她的泪不轻易落，她又慈善又刚强。见我回来了，她脸上有了笑容，拿出一个细草纸包儿来："给你买的杂拌儿，刚才一忙，也忘了给你。"母子好像有千言万语，只是没精神说。早早的就睡了。母亲也没精神。

> 反映了作者对母亲的惦念和牵挂。

中学毕业以后,新年,除了为还债着急,似乎已和我不发生关系。我在哪里,除夕便由我照管着哪里。别人都回家去过年,我老是早早关上门,在床上听着爆竹响。平日我也好吃个嘴儿,到了新年反倒想不起弄点什么吃,连酒也不喝。在爆竹稍静了些的时节,我老看见些过去的苦境。可是我既不落泪,也不狂歌,我只静静的躺着。躺着躺着,多咱烛光在壁上幻出一个"抬头见喜",那就快睡去了。

> "幻出"表达了作者对美好生活的强烈向往之情。

想北平

设若让我写一本小说,以北平作背景,我不至于害怕,因为我可以捡着我知道的写,而躲开我所不知道的。让我单摆浮搁的讲一套北平,我没办法。北平的地方那么大,事情那么多,我知道的真觉太少了,虽然我生在那里,一直到廿七岁才离开。以名胜说,我没到过陶然亭,这多可笑!以此类推,我所知道的那点只是"我的北平",而我的北平大概等于牛的一毛。

可是,我真爱北平。这个爱几乎是要说而说不出的。我爱我的母亲。怎样爱?我说不出。在我想作一件事讨她老人家喜欢的时候,我独自微微的笑着;在我想到她的健康而不放心的时候,我欲落泪。

言语是不够表现我的心情的,只有独自微笑或落泪才足以把内心揭露在外面一些来。我之爱北平也近乎这个。夸奖这个古城的某一点是容易的,可是那就把北平看得太小了。我所爱的北平不是枝枝节节的一些什么,而是整个儿与我的心灵相粘合的一段历史,一大块地方,多少风景名胜,从雨后什刹海的蜻蜓一直到我梦里的玉泉山的塔影,都积凑到一块,每一小的事件中有个我,我的每一思念中有个北平,这只有说不出而已。

真愿成为诗人,把一切好听好看的字都浸在自己的心血里,像杜鹃似的啼出北平的俊伟。啊!我不是诗人!我将永远道不出我的爱,一种像由音乐与图画所引起的爱。这不但是辜负了北平,也对不住我自己,因为我的最初的知识与印象都得自北平,它是在我的血里,我的性格与脾气里有许多地方是这古城所赐给的。我不能爱上海与天津,因为我心中有个北平。可是我说不出来!

伦敦,巴黎,罗马与堪司坦丁堡,曾被称为

> 作者把自己和北平融合在一起,密不可分。他不仅要告诉读者北平是什么样子,更要分享他对北平的爱。

欧洲的四大"历史的都城"。我知道一些伦敦的情形；巴黎与罗马只是到过而已；堪司坦丁堡根本没有去过。就伦敦，巴黎，罗马来说，巴黎更近似北平——虽然"近似"两字要拉扯得很远——不过，假使让我"家住巴黎"，我一定会和没有家一样的感到寂苦。巴黎，据我看，还太热闹。自然，那里也有空旷静寂的地方，可是又未免太旷；不像北平那样既复杂而又有个边际，使我能摸着——那长着红酸枣的老城墙！面向着积水潭，背后是城墙，坐在石上看水中的小蝌蚪或苇叶上的嫩蜻蜓，我可以快乐的坐一天，心中完全安适，无所求也无可怕，像小儿安睡在摇篮里。是的，北平也有热闹的地方，但是它和太极拳相似，动中有静。巴黎有许多地方使人疲乏，所以咖啡与酒是必要的，以便刺激；在北平，有温和的香片茶就够了。论说巴黎的布置已比伦敦罗马匀调的多了，可是比上北平还差点事儿。北平在人为之中显出自然，几乎是什么地方既不挤得慌，又不太僻静：最小的胡同里的房子也有

> 通过比较表达对北平的喜爱，将北平和"伦敦，巴黎，罗马与堪司坦丁堡"相比较，从城市的整体结构、建筑格局、环境气氛、生活情趣等方面，历数北平的好。

院子与树；最空旷的地方也离买卖街与住宅区不远。这种分配法可以算——在我的经验中——天下第一了。北平的好处不在处处设备得完全，而在它处处有空儿，可以使人自由的喘气；不在有好些美丽的建筑，而在建筑的四围都有空闲的地方，使它们成为美景。每一个城楼，每一个牌楼，都可以从老远就看见。况且在街上还可以看见北山与西山呢！

好学的，爱古物的，人们自然喜欢北平，因为这里书多古物多。我不好学，也没钱买古物。对于物质上，我却喜爱北平的花多菜多果子多。花草是种费钱的玩艺，可是此地的"草花儿"很便宜，而且家家有院子，可以花不多的钱而种一院子花，即使算不了什么，可是到底可爱呀。墙上的牵牛，墙根的靠山竹与草茉莉，是多么省钱省事而也足以招来蝴蝶呀！至于青菜，白菜，扁豆，毛豆角，黄瓜，菠菜等等，大多数是直接由城外担来而送到家门口的。雨后，韭菜叶上还往往带着雨时溅起的泥点。青菜摊子上的红红绿绿几乎有诗似的美丽。果

这一段写北平的物产，写北平平民的日常生活。细致的描写表明了作者与北平的亲密关系。

子有不少是由西山与北山来的,西山的沙果,海棠,北山的黑枣,柿子,进了城还带着一层白霜儿呀!哼,美国的橘子包着纸;遇到北平的带霜儿的玉李,还不愧杀!

是的,北平是个都城,而能有好多自己产生的花,菜,水果,这就使人更接近了自然。从它里面说,它没有像伦敦的那些成天冒烟的工厂;从外面说,它紧连着园林,菜圃与农村。采菊东篱下,在这里,确是可以悠然见南山的;大概把"南"字变个"西"或"北",也没有多少了不得的吧。像我这样的一个贫寒的人,或者只有在北平能享受一点清福了。好,不再说了吧;要落泪了,真想念北平呀!

北京的春节

> 引用俗语，将天气寒冷和年的"热闹"形成对比，写出了春节的重要。

按照北京的老规矩，过农历的新年（春节），差不多在腊月的初旬就开头了。"腊七腊八，冻死寒鸦。"这是一年里最冷的时候。可是，到了严冬，不久便是春天，所以人们并不因为寒冷而减少过年与迎春的热情。在腊八那天，人家里，寺观里，都熬腊八粥。这种特制的粥是祭祖祭神的，可是细一想，它倒是农业社会的一种自傲的表现——这种粥是用所有的各种的米，各种的豆，与各种的干果（杏仁、核桃仁、瓜子、荔枝肉、莲子、花生米、葡萄干、菱角米……）熬成的。这不是粥，而是小型的农业展览会。

> 把粥比作小型的农业展览会，写出了腊八粥配料丰富，以及过年熬腊八粥的热闹。

腊八这天还要泡腊八蒜。把蒜瓣在这天放到高醋里，封起来，为过年吃饺子用的。到年底，<u>蒜泡得色如翡翠</u>，而醋也有了些辣味，<u>色味双美</u>，使人要多吃几个饺子。在北京，过年时，家家吃饺子。

> 从色和味两个角度对腊八蒜进行描写，赞美它色味双美。

从腊八起，铺户中就加紧的上年货，街上加多了货摊子——卖春联的、卖年画的、卖蜜供的、卖水仙花的等等都是只在这一季节才会出现的。这些赶年的摊子都教儿童们的心跳得特别快一些。在胡同里，吆喝的声音也比平时更多更复杂起来，其中也有仅在腊月才出现的，像卖宪书的、松枝的、薏仁米的、年糕的等等。

在有皇帝的时候，学童们到腊月十九日就不上学了，放年假一月。儿童们准备过年，差不多第一件事是买杂拌儿。这是用各种干果（花生、胶枣、榛子、栗子等）与蜜饯搀合成的，普通的带皮，高级的没有皮——例如：普通的用带皮的榛子，高级的用榛瓤儿。儿童们喜吃这些零七八碎儿，即使没有饺子吃，也必须买杂拌儿。他们的第二件大事是买爆竹，特别是男孩子们。恐怕第三件事才是买玩艺儿——风筝、空竹、口琴等——和年画儿。

儿童们忙乱，大人们也紧张。他们须预备过年吃的使的喝的一切。他们也必须给儿童赶快做新鞋新衣，好在新年时显出万象更新的气象。

二十三日过小年，差不多就是过新年的"彩排"。在旧社会里，这天晚上家家祭灶王，从一擦黑儿鞭炮就响起来，随着炮声把灶王的纸像焚化，美其名叫送灶王上天。在前几天，街上就有多少多少卖麦芽糖与江米糖的，糖形或为长方块或为大小瓜形。按旧日的说法：用糖粘住灶王的嘴，他到了天上就不会向玉皇报告家庭中的坏事了。现在，还有卖糖的，但是只由大家享用，并不再粘灶王的嘴了。

过了二十三，大家就更忙起来，新年眨眼就到了啊。在除夕以前，家家必须把春联贴好，必须大扫除一次，名曰扫房。必须把肉、鸡、鱼、青菜、年糕什么的都预备充足，至少足够吃用一个星期的——按老习惯，铺户多数关五天门，到正月初

> 这里用"彩排"体现出小年这一天像春节一样热闹，暗示春节会更加热闹。

济南的冬天

六才开张。假若不预备下几天的吃食,临时不容易补充。还有,旧社会里的老妈妈论,讲究在除夕把一切该切出来的东西都切出来,省得在正月初一到初五再动刀,动刀剪是不吉利的。这含有迷信的意思,不过它也表现了我们确是爱和平的人,在一岁之首连切菜刀都不愿动一动。

除夕真热闹。家家赶作年菜,到处是酒肉的香味。老少男女都穿起新衣,门外贴好红红的对联,屋里贴好各色的年画,哪一家都灯火通宵,不许间断,炮声日夜不绝。在外边作事的人,除非万不得已,必定赶回家来,吃团圆饭,祭祖。这一夜,除了很小的孩子,没有什么人睡觉,而都要守岁。

元旦的光景与除夕截然不同:除夕,街上挤满了人;元旦,铺户都上着板子,门前堆着昨夜燃放的爆竹纸皮,全城都在休息。

男人们在午前就出动,到亲戚家,朋友家去拜年。女人们在家中接待客人。同时,城内城外有许多寺院开放,任人游览,小贩们在庙外摆摊,卖

> 这一段从嗅觉(酒肉的香味)、视觉(新衣、对联、年画、灯火)、听觉(鞭炮声)和人们的活动(吃团圆饭、祭祖、守岁)的角度集中写除夕的热闹。

茶、食品和各种玩具。北城外的大钟寺、西城外的白云观、南城的火神庙（厂甸）是最有名的。可是，开庙最初的两三天，并不十分热闹，因为人们还正忙着彼此贺年，无暇及此。到了初五六，庙会开始风光起来，小孩们特别热心去逛，为的是到城外看看野景，可以骑毛驴，还能买到那些新年特有的玩具。白云观外的广场上有赛骄车赛马的；在老年间，据说还有赛骆驼的。这些比赛并不争取谁第一谁第二，而是在观众面前表演骡马与骑者的美好姿态与技能。

多数的铺户在初六开张，又放鞭炮，从天亮到清早，全城的炮声不绝。虽然开了张，可是除了卖吃食与其他重要日用品的铺子，大家并不很忙，铺中的伙计们还可以轮流着去逛庙、逛天桥和听戏。

元宵（汤圆）上市，新年的高潮到了——元宵节（从正月十三到十七）。除夕是热闹的，可是没有月光；元宵节呢，恰好是明月当空。元旦是体面的，家家门前贴着鲜红的春联，人们穿着新衣裳，可是它还不够美。元宵节，处处悬灯结彩，整条的大街像是办喜事，火炽而美丽。有名的老铺都要挂出几百盏灯来，有的一律是玻璃的，有的清一色是牛角的，有的都是纱灯；有的各形各色，有的通通彩绘全部《红楼梦》或《水浒传》故事。这，在当年，也就是一种广告；灯一悬起，任何人都可以进到铺中参观；晚间灯中都点上烛，观者就更多。这广告可不庸俗。干果店在灯节还要作一批杂拌儿生意，所以每每独出心裁的，制成各样的冰灯，或用麦苗作成一两条碧绿的长龙，把顾客招来。

除了悬灯，广场上还放花合。在城隍庙里并且燃起火判，火舌由判官的泥像的口、耳、鼻、眼中伸吐出来。公园里放起天灯，像巨星似的飞到天空。

男男女女都出来踏月、看灯、看焰火；街上的人拥挤不动。在旧社会里，女人们轻易不出门，她们可以在灯节里得到些自由。

小孩子们买各种花炮燃放，即使不跑到街上去

作者写元宵节围绕"灯"来写，写出灯的数量多，样式多。

淘气，在家中照样能有声有光的玩耍。家中也有灯：走马灯——原始的电影——宫灯、各形各色的纸灯，还有纱灯，里面有小铃，到时候就叮叮的响。大家还必须吃汤圆呀。这的确是美好快乐的日子。

一眨眼，到了残灯末庙，学生该去上学，大人又去照常作事，新年在正月十九结束了。腊月和正月，在农村社会里正是大家最闲在的时候，而猪牛羊等也正长成，所以大家要杀猪宰羊，酬劳一年的辛苦。过了灯节，天气转暖，大家就又去忙着干活了。北京虽是城市，可是它也跟着农村社会一齐过年，而且过得分外热闹。

在旧社会里，过年是与迷信分不开的。腊八粥，关东糖，除夕的饺子，都须先去供佛，而后人们再享用。除夕要接神；大年初二要祭财神，吃元宝汤（馄饨），而且有的人要到财神庙去借纸元宝，抢烧头股香。正月初八要给老人们顺星、祈寿。因此那时候最大的一笔浪费是买香蜡纸马的钱。现

> 春节结束了，时间过得快说明春节大家玩得开心，所以觉得时间过得快。
>
> 本文按时间顺序写了许多时间点的春节活动：腊八、从腊八起、腊月二十三、过了二十三、除夕、初一、初六、元宵、正月十九。内容丰富，有详有略，安排得当。

在，大家都不迷信了，也就省下这笔开销，用到有用的地方去。特别值得提到的是现在的儿童只快活的过年，而不受那迷信的熏染，他们只有快乐，而没有恐惧——怕神怕鬼。也许，现在过年没有以前那么热闹了，可是多么清醒健康呢。以前，人们过年是托神鬼的庇佑，现在是大家劳动终岁，大家也应当快乐的过年。

贺年

劳动是最有滋味的事。肯劳动,连过新年都更有滋味,更多乐趣。

> 母亲是一个勤劳且善于经营生活的人。

记得当初我还是个孩子的时候,家里很穷,所以母亲在一入冬季就必积极劳动,给人家浆洗大堆大堆的衣服,或代人赶作新大衫等,以便挣到一些钱,作过年之用。

姐姐和我也不能闲着。她帮助母亲洗、作;我在一旁打下手儿——递烙铁、添火,送热水与凉水等等。我也兼管喂狗、扫地和给灶王爷上香。我必须这么作,以便母亲和姐姐多赶出点活计来,增加收入,好在除夕与元旦吃得上包饺子!

快到年底,活计都交出去,我们就忙着筹备过年。我们的收入有限，当然不能过个肥年。可是，我们也有非办不可的事：灶王龛上总得贴上新对联，屋子总得大扫除一次，破桌子上已经不齐全的铜活总得擦亮，猪肉与白菜什么的也总得多少买一些。由大户人家看来，我们的这点筹办工作的确简单的可怜。我们自己却非常兴奋。

我们当然兴奋。首先是我们过年的那一点费用是用我们自己的劳动换来的，来得硬正。每逢我向母亲报告：当铺刘家宰了两口大猪，或放债的孙家请来三堂供佛的、像些小塔似的头号"蜜供"，母亲总会说：咱们的饺子里菜多肉少，可是最好吃！当时，我不大明白为什么菜多肉少的饺子反倒最好吃。在今天想起来，才体会到母亲的话里确有很高的思想性。是呀，第一我们的饺子不是由开当铺或放高利贷得来的，第二我们的饺子是亲手包的，亲手煮的，怎能不最好吃呢？刘家和孙家的饺子必是油多肉满，非常可口，但是我们的饺子会使我们的胃里和心里一齐舒服。

> 母亲是一个热爱生活的人，教我们懂得自食其力能让人身心舒畅的道理。

> "一关又一关""挣扎"体现出作者一家子在黑暗岁月里生活的贫苦、艰辛与不易。

劳动使我们穷人骨头硬，有自信心。回忆起来，在那黑暗的岁月里，我们一家子怎么闯过了一关又一关，终于挣扎过来，得到解放，实在不能不感谢共产党，也不能不提到母亲的热爱劳动。她不懂得革命，可是她使儿女们相信：只要手脚不闲着，便不会走到绝路，而且会走得噔噔的响。

虽然母亲也迷信，天天给灶王上三炷香，可是赶到实在没钱请香的时节，她会告诉灶王：对不起，今天饿一顿，明天我挣来钱再补上吧！是的，她自信能够挣来钱，使神仙不致于长期挨饿。我看哪，神佛似乎倒应当向她致谢、致敬！

我也体会到：劳动会使我们心思细腻。任何工作都不是马马虎虎就能作好的。马马虎虎，必须另作一回，倒不如一下手就仔仔细细，作得妥妥贴贴。劳动与取巧是结合不到一处的。要不怎么劳动能改变人的气质呢。

说起来有点奇怪，回忆往事，特别是幼年与少年时代的事，也不知怎么就觉得分外甜美。事实上，我在幼年与少年遇到的那些事，多半是既不甜，也不美的。恐怕是因为年少单纯，把当时的事情能够记得特别深刻，清楚，所以到后来每一回想就觉得滋味深长，又甜又美。若是果然如此，我们便应警惕：是否我们太善于恋旧，因而容易保守呢？沉醉于过去，就会不看今天的进步事实，更不看明天的美丽远景，一来二去，没法不作出"今不如昔"的结论而感慨系之。这可就非常危险！保守落后的人就是阻碍社会向前发展的人！

不过，咱们开头就说的是劳动最有滋味。是的，假若幼年与少年时代过的是勤苦生活，回忆起来就不能不果然甜美了。小时候养成的好习惯，必然直到如今还继续发生作用，怎能不美呢！到今天，我还天天自己收拾屋子，不肯叫别人插手。这点轻微的劳动本算不了什么大事，值不得夸口。可是，它的作用并不限于使屋里干净，瓶子罐子都有一定的位置。它还给我的写作生活一些好的影响。我天天必擦抹桌子，也必拿笔写点什么。劳动

> 作者在文中多次提到"劳动"的意义——劳动带给作者很多滋味和乐趣，劳动使作者更有骨气，更有自信心，劳动使作者心思更细腻，劳动使作者养成良好的习惯，受益终生。

不同，劲儿可是一样，不干点什么，心里就不舒服。擦桌子要擦得干干净净，写稿子也要写得清清楚楚，劲儿又是一样。不这样心里就不安。不管怎么说，这都是好习惯。古语说：业精于勤。据我看，光勤于用脑力而总不用体力，业也许不见得能精；两样都用，心身并健，一定更有好处。

欣逢新岁，想起当年，觉得劳动滋味的确甜美，而且享受不尽。

> 文章结尾回忆当年再次点题，强调了"劳动最有滋味"的主旨，突出了劳动对于人的重要意义，表达了对劳动的赞美之情和对那段日子的怀念之情，同时首尾照应，作结全篇。

我的母亲

> 这是一篇创作于其母逝世后的回忆性散文，文章以时间为序，讲述了母亲的性格与一生的经历，形象地刻画了母亲传统而伟大的形象，展现了她勤劳、乐观、善良、坚强等一系列美德，字里行间蕴含着老舍先生的崇敬与缅怀之情。

母亲的娘家是北平德胜门外，土城儿外边，通大钟寺的大路上的一个小村里。村里一共有四五家人家，都姓马。大家都种点不十分肥美的地，但是与我同辈的兄弟们，也有当兵的，作木匠的，作泥水匠的，和当巡察的。他们虽然是农家，却养不起牛马，人手不够的时候，妇女便也须下地作活。

对于姥姥家，我只知道上述的一点。外公外婆是什么样子，我就不知道了，因为他们早已去世。至于更远的族系与家史，就更不晓得了；穷人只能顾眼前的衣食，没有功夫谈论什么过去的光荣；"家谱"这字眼，我在幼年就根本没有听说过。

母亲生在农家，所以勤俭诚实，身体也好。这一点事实却极重要，因为假若我没有这样的一位母亲，我以为我恐怕也就要大大的打个折扣了。

母亲出嫁大概是很早，因为我的大姐现在已是六十多岁的老太婆，而我的大外甥女还长我一岁啊。我有三个哥哥，四个姐姐，但能长大成人的，只有大姐，二姐，三姐，三哥与我。我是"老"儿子。生我的时候，母亲已有四十一岁，大姐二姐已都出了阁。

由大姐与二姐所嫁入的家庭来推断，在我生下之前，我的家里，大概还马马虎虎的过得去。那时候定婚讲究门当户对，而大姐丈是作小官的，二姐丈也开过一间酒馆，他们都是相当体面的人。

可是，我，我给家庭带来了不幸：我生下来，母亲晕过去半夜，才睁眼看见她的老儿子——感谢大姐，把我揣在怀中，致未冻死。

一岁半，我把父亲"克"死了。

兄不到十岁，三姐十二三岁，我才一岁半，全仗母亲独力抚养了。父亲的寡姐跟我们一块儿住，她吸鸦片，她喜摸纸牌，她的脾气极坏。为我们的衣食，母亲要给人家洗衣服，缝补或裁缝衣裳。在我的记忆中，她的手终年是鲜红微肿的。白天，她洗衣服，洗一两大绿瓦盆。她作事永远丝毫也不敷衍，就是屠户们送来的黑如铁的布袜，她也给洗得雪白。晚间，她与三姐抱着一盏油灯，还要缝补衣服，一直到半夜。她终年没有休息，可是在忙碌中她还把院子屋中收拾得清清爽爽。桌椅都是旧的，柜门的铜活久已残缺不全，可是她的手老使破桌面上没有尘土，残破的铜活发着光。院中，父亲遗留下的几盆石榴与夹竹桃，永远会得到应有的浇灌与爱护，年年夏天开许多花。

> 写出了母亲的辛苦，更写出了母亲做事一丝不苟和认真负责的态度。

　　哥哥似乎没有同我玩耍过。有时候，他去读书；有时候，他去学徒；有时候，他也去卖花生或樱桃之类的小东西。母亲含着泪把他送走，不到两天，又含着泪接他回来。我不明白这都是什么事，而只觉得与他很生疏。与母亲相依为命的是我与三姐。因此，她们作事，我老在后面跟着。她们浇花,我也张罗着取水;她们扫地,我就撮土……从这里,我学得了爱花,爱清洁,守秩序。这些习惯至今还被我保存着。有客人来,无论手中怎么窘,母亲也要设法弄一点东西去款待。舅父与表哥们往往是自己掏钱买酒肉食,这使她脸上羞得飞红,可是殷勤的给他们温酒作面,又给她一些喜悦。遇上亲友家中有喜丧事,母亲必把大褂洗得干干净净,亲自去贺吊——份礼也许只是两吊小钱。到如今如我的好客的习性,还未全改,尽管生活是这么清苦,因为自幼儿看惯了的事情是不易改掉的。

　　姑母常闹脾气。她单在鸡蛋里找骨头。她是我家中的阎王。直到我入了中学,她才死去,我可是没有看见母亲反抗过。"没受过婆婆的气,还不受大姑子的吗?命当如此!"母亲在非解释一下不足以平服别人的时候,才这样说。是的,命当如此。母亲活到老,穷到老,辛苦到老,全是命当如此。她最会吃亏。给亲友邻居帮忙,她总跑在前面:她会给婴儿洗三——穷朋友们可以因此少花一笔"请

> 写出了母亲热情好客、重礼数、有人情味的个性。

姥姥"钱——她会刮痧,她会给孩子们剃头,她会给少妇们绞脸……凡是她能作的,都有求必应。但是吵嘴打架,永远没有她。她宁吃亏,不逗气。当姑母死去的时候,母亲似乎把一世的委屈都哭了出来,一直哭到坟地。不知道哪里来的一位侄子,声称有承继权,母亲便一声不响,教他搬走那些破桌子烂板凳,而且把姑母养的一只肥母鸡也送给他。

母亲一直受着吸食鸦片的姑母的欺负,但她从来不反抗,可见母亲宽厚忍让的性格。

可是,母亲并不软弱。父亲死在庚子闹"拳"的那一年。联军入城,挨家搜索财物鸡鸭,我们被搜两次。母亲拉着哥哥与三姐坐在墙根,等着"鬼子"进门,街门是开着的。"鬼子"进门,一刺刀先把老黄狗刺死,而后入室搜索。他们走后,母亲把破衣箱搬起,才发现了我。假若箱子不空,我早就被压死了。皇上跑了,丈夫死了,鬼子来了,满城是血光火焰,可是母亲不怕,她要在刺刀下,饥荒中,保护着儿女。北平有多少变乱啊,有时候兵变了,街市整条的烧起,火团落在我们院中。有时候内战了,城门紧闭,铺店关门,昼夜响着枪炮。这

作者以这种内忧外患的历史背景,凸现出母亲坚毅刚强的个性,她保护儿女,独自吞下苦涩的泪水。

惊恐,这紧张,再加上一家饮食的筹划,儿女安全的顾虑,岂是一个软弱的老寡妇所能受得起的?可是,在这种时候,母亲的心横起来,她不慌不哭,要从无办法中想出办法来。她的泪会往心中落!这点软而硬的个性,也传给了我。我对一切人与事,都取和平的态度,把吃亏看作当然的。但是,在作人上,我有一定的宗旨与基本的法则,什么事都可将就,而不能超过自己划好的界限。我怕见生人,怕办杂事,怕出头露面;但是到了非我去不可的时候,我便不得不去,正像我的母亲。从私塾到小学,到中学,我经历过起码有廿位教师吧,其中有给我很大影响的,也有毫无影响的,但是我的真正的教师,把性格传给我的,是我的母亲。母亲并不识字,她给我的是生命的教育。

当我在小学毕了业的时候,亲友一致的愿意我去学手艺,好帮助母亲。我晓得我应当去找饭吃,以减轻母亲的勤劳困苦。可是,我也愿意升学。我偷偷的考入了师范学校——制服,饭食,书籍,宿处，都由学校供给。只有这样，我才敢对母亲提升学的话。入学，要交十元的保证金。这是一笔巨款！母亲作了半个月的难，把这巨款筹到，而后含泪把我送出门去。她不辞劳苦，只要儿子有出息。当我由师范毕业，而被派为小学校校长，母亲与我都一夜不曾合眼。我只说了句："以后，您可以歇一歇了！"她的回答只有一串串的眼泪。我入学之后，三姐结了婚。母亲对儿女是都一样疼爱的，但是假若她也有点偏爱的话，她应当偏爱三姐，因为自父亲死后，家中一切的事情都是母亲和三姐共同撑持的。三姐是母亲的右手。但是母亲知道这右手必须割去，她不能为自己的便利而耽误了女儿的青春。当花轿来到我们的破门外的时候，母亲的手就和冰一样的凉，脸上没有血色——那是阴历四月，天气很暖。大家都怕她晕过去。可是，她挣扎着，咬着嘴唇，手扶着门框，看花轿徐徐的走去。不久，姑母死了。三姐已出嫁，哥哥不在家，我又住学校，家中只剩母亲自己。她还须自晓至晚的操作，可是

> 母亲送儿子去师范学校读书，她作了半个月的难筹到了十元保证金，也是含泪送孩子出门。行文至此，呈现出了一位不畏艰辛且希望"儿子有出息"的伟大母亲的形象，令人感动不已。

> 作者以简洁的神态、动作描写，在极短的篇幅内将母亲内心对女儿难舍难分、又怕儿女为自己担心而强抑悲痛的复杂心理刻画得淋漓尽致。

终日没人和她说一句话。新年到了，正赶上政府倡用阳历，不许过旧年。除夕，我请了两小时的假，由拥挤不堪的街市回到清炉冷灶的家中。母亲笑了。及至听说我还须回校，她楞住了。半天，她才叹出一口气来。到我该走的时候，她递给我一些花生，"去吧，小子！"街上是那么热闹，我却什么也没看见，泪遮迷了我的眼。今天，泪又遮住了我的眼，又想起当日孤独的过那凄惨的除夕的慈母。可是慈母不会再候盼着我了，她已入了土！

> 这是全篇之中母亲说的唯一的一句话，仅四个字，包含着对儿子的不舍。

儿女的生命是不依顺着父母所设下的轨道一直前进的，所以老人总免不了伤心。我廿三岁，母亲要我结了婚，我不要。我请来三姐给我说情，老母含泪点了头。我爱母亲，但是我给了她最大的打击。时代使我成为逆子。廿七岁，我上了英国。为了自己，我给六十多岁的老母以第二次打击。在她七十大寿的那一天，我还远在异域。那天，据姐姐们后来告诉我，老太太只喝了两口酒，很早的便睡下。她想念她的幼子，而不便说出来。

> "含泪点了头"，语言简练而平实，为我们塑造了一位虽然伤心，却能理解尊重儿女人生选择的母亲的形象。

济南的冬天

　　七七抗战后，我由济南逃出来。北平又像庚子那年似的被鬼子占据了，可是母亲日夜惦念的幼子却跑西南来。母亲怎样想念我，我可以想象得到，可是我不能回去。每逢接到家信，我总不敢马上拆看，我怕，怕，怕，怕有那不祥的消息。人，即使活到八九十岁，有母亲便可以多少还有点孩子气。失了慈母便像花插在瓶子里，虽然还有色有香，却失去了根。有母亲的人，心里是安定的。我怕，怕，怕家信中带来不好的消息，告诉我已是失了根的花草。

　　去年一年，我在家信中找不到关于老母的起居情况。我疑虑，害怕。我想象得到，如有不幸，家中念我流亡孤苦，或不忍相告。母亲的生日是在九月，我在八月半写去祝寿的信，算计着会在寿日之前到达。信中嘱咐千万把寿日的详情写来，使我不再疑虑。十二月二十六日，由文化劳军的大会上回来，我接到家信。<u>我不敢拆读</u>。就寝前，我拆开信，母亲已去世一年了！

> 这饱含热泪的句子，体现了老舍对母亲的深情，这深情里有着太多的无奈酸楚与追悔莫及。

作者母亲的一生是不易的，可这位性格中"软中带硬"的母亲硬是不惧苦难，用她勤俭朴实、坚忍执着、隐忍宽容、博爱热情、乐观勇敢的传统美德为儿女们撑起了一个温暖的家，这份力量背后的原动力或许就是那伟大无私且永恒的母爱。

生命是母亲给我的。我之能长大成人，是母亲的血汗灌养的。我之能成为一个不十分坏的人，是母亲感化的。我的性格，习惯，是母亲传给的。她一世未曾享过一天福，临死还吃的是粗粮。唉！还说什么呢？心痛！心痛！

宗月大师

在我小的时候，我因家贫而身体很弱。我九岁才入学。因家贫体弱，母亲有时候想教我去上学，又怕我受人家的欺侮，更因交不上学费，所以一直到九岁我还不识一个字。说不定，我会一辈子也得不到读书的机会。因为母亲虽然知道读书的重要，可是每月间三四吊钱的学费，实在让她为难。母亲是最喜脸面的人。她迟疑不决，光阴又不等待着任何人，荒来荒去，我也许就长到十多岁了。一个十多岁的贫而不识字的孩子，很自然的去作个小买卖——弄个小筐，卖些花生、煮豌豆，或樱桃什么的。要不然就是去学徒。母亲很爱我，但是假若我能去作学徒，或提篮沿街卖樱桃而每天赚几百钱，

> 写出了我的困境——家贫体弱，为下文刘大叔的出现做了铺垫。刘大叔在我最困难的时候帮助了我，真正的雪中送炭。

她或者就不会坚决的反对。穷困比爱心更有力量。

有一天刘大叔偶然的来了。我说"偶然的",因为他不常来看我们。他是个极富的人,尽管他心中并无贫富之别,可是他的财富使他终日不得闲,几乎没有工夫来看穷朋友。一进门,他看见了我。"孩子几岁了?上学没有?"他问我的母亲。他的声音是那么洪亮(在酒后,他常以学喊俞振庭的《金钱豹》自傲),他的衣服是那么华丽,他的眼是那么亮,他的脸和手是那么白嫩肥胖,使我感到我大概是犯了什么罪。我们的小屋、破桌凳、土炕,几乎禁不住他的声音的震动。等我母亲回答完,刘大叔马上决定:"明天早上我来,带他上学,学钱、书籍,大姐你都不必管!"我的心跳起多高,谁知道上学是怎么一回事呢!

第二天,我像一条不体面的小狗似的,随着这位阔人去入学。学校是一家改良私塾,在离我的家有半里多地的一座道士庙里。庙不甚大,而充满了各种气味:一进山门先有一股大烟味,紧跟着

> 刘大叔声音洪亮,豪爽乐施,急人之难。他是富人,却没有富人的傲慢。

济南的冬天

便是糖精味（有一家熬制糖球糖块的作坊），再往里，是厕所味，与别的臭味。学校是在大殿里。大殿两旁的小屋住着道士，和道士的家眷。大殿里很黑、很冷。神像都用黄布挡着，供桌上摆着孔圣人的牌位。学生都面朝西坐着，一共有三十来人。西墙上有一块黑板——这是"改良"私塾。老师姓李，一位极死板而极有爱心的中年人。刘大叔和李老师"嚷"了一顿，而后教我拜圣人及老师。老师给了我一本《地球韵言》和一本《三字经》。我于是，就变成了学生。

自从作了学生以后，我时常的到刘大叔的家中去。他的宅子有两个大院子，院中几十间房屋都是出廊的。院后，还有一座相当大的花园。宅子的左右前后全是他的房屋，若是把那些房子齐齐的排起来，可以占半条大街。此外，他还有几处铺店。每逢我去，他必招呼我吃饭，或给我一些我没有看见过的点心。他绝不以我为一个苦孩子而冷淡我，他是阔大爷，但是他不以富傲人。

> 刘大叔完全不把钱财放在眼里。

在我由私塾转入公立学校去的时候，刘大叔又来帮忙。这时候，他的财产已大半出了手。他是阔大爷，他只懂得花钱，而不知道计算。人们吃他，他甘心教他们吃；人们骗他，他付之一笑。他的财产有一部分是卖掉的，也有一部分是被人骗了去的。他不管；他的笑声照旧是洪亮的。

> 家财散尽，一贫如洗，刘大叔依然乐善好施。

到我在中学毕业的时候，他已一贫如洗，什么财产也没有了，只剩了那个后花园。不过，在这个时候，假若他肯用用心思，去调整他的产业，他还能有办法教自己丰衣足食，因为他的好多财产是被人家骗了去的。可是，他不肯去请律师。贫与富在他心中是完全一样的。假若在这时候，他要是不再随便花钱，他至少可以保住那座花园，和城外的地产。可是，他好善。尽管他自己的儿女受着饥寒，尽管他自己受尽折磨，他还是去办贫儿学校、粥厂，等等慈善事业。他忘了自己。就是在这个时候，我和他过往的最密。他办贫儿学校，我去作义务教师。他施舍粮米，我去帮忙调查及散放。在我

> 刘大叔带着我一起行善，对我影响颇大。

的心里，我很明白：放粮放钱不过只是延长贫民的受苦难的日期，而不足以阻拦住死亡。但是，看刘大叔那么热心，那么真诚，我就顾不得和他辩论，而只好也出点力了。即使我和他辩论，我也不会得胜，人情是往往能战败理智的。

　　在我出国以前，刘大叔的儿子死了。而后，他的花园也出了手。他入庙为僧，夫人与小姐入庵为尼。由他的性格来说，他似乎势必走入避世学禅的一途。但是由他的生活习惯上来说，大家总以为他不过能念念经，布施布施僧道而已，而绝对不会受戒出家。他居然出了家。在以前，他吃的是山珍海味，穿的是绫罗绸缎。他也嫖也赌。现在，他每日一餐，入秋还穿着件夏布道袍。这样苦修，他的脸上还是红红的，笑声还是洪亮的。对佛学，他有多么深的认识，我不敢说。我却真知道他是个好和尚，他知道一点便去作一点，能作一点便作一点。他的学问也许不高，但是他所知道的都能见诸实行。

> 刘大叔出家，两为方丈。文章绵绵密密地写出了大师所做的那么多善事，勾画出每天为了济世救人而忙忙碌碌的大师形象。

出家以后，他不久就作了一座大寺的方丈。可是没有好久就被驱除出来。他是要作真和尚，所以他不惜变卖庙产去救济苦人。庙里不要这种方丈。一般的说，方丈的责任是要扩充庙产，而不是救苦救难的。离开大寺，他到一座没有任何产业的庙里作方丈。他自己既没有钱，他还须天天为僧众们找到斋吃。同时，他还举办粥厂等等慈善事业。他穷，他忙，他每日只进一顿简单的素餐，可是他的笑声还是那么洪亮。他的庙里不应佛事，赶到有人来请，他便领着僧众给人家去唪真经，不要报酬。他整天不在庙里，但是他并没忘了修持；他持戒越来越严，对经义也深有所获。他白天在各处筹钱办事，晚间在小室里作工夫。谁见到这位破和尚也不曾想到他曾是个在金子里长起来的阔大爷。

去年，有一天他正给一位圆寂了的和尚念经，他忽然闭上了眼，就坐化了。火葬后，人们在他的身上发现许多舍利。

没有他，我也许一辈子也不会入学读书。没有他，我也许永远想不起帮助别人有什么乐趣与意义。他是不是真的成了佛？我不知道。但是，我的确相信他的居心与言行是与佛相近似的。我在精神上物质上都受过他的好处，现在我的确愿意他真的成了佛，并且盼望他以佛心引领我向善，正像在三十五年前，他拉着我去入私塾那样！

　　他是宗月大师。

前面都是"刘大叔"，文章最后称他为"宗月大师"。对于作者来说，这是把大师当成恩人、亲人、良师来看待。最后这个"宗月大师"表达了作者对这位虔诚的佛教宗师深深的崇敬与敬仰。

断魂枪

沙子龙的镖局已改成客栈。

东方的大梦没法子不醒了。炮声压下去马来与印度野林中的虎啸。半醒的人们，揉着眼，祷告着祖先与神灵；不大会儿，失去了国土、自由与主权。门外立着不同面色的人，枪口还热着。他们的长矛毒弩，花蛇斑彩的厚盾，都有什么用呢；连祖先与祖先所信的神明全不灵了啊！龙旗的中国也不再神秘，有了火车呀，穿坟过墓破坏着风水。枣红色多穗的镖旗，绿鲨皮鞘的钢刀，响着串铃的口马，江湖上的智慧与黑话，义气与声名，连沙子龙，他的武艺、事业，都梦似的变成昨夜的。今天是火车、快枪，通商与恐怖。听说，有人还要杀下皇帝的

> 作品以清末的北京为背景，开篇即以一段简洁而富有暗示性的文字描述了时代的氛围：皇帝还在，辫子也还没剪，但国人的东方大梦已被列强的大炮无情地击破。丧失了国土、自由和主权的中国人早已失去了过去的荣光、神秘和威严。于是中国精湛的武术似乎也失去了往日的荣耀。

头呢!

这是走镖已没有饭吃,而国术还没被革命党与教育家提倡起来的时候。

谁不晓得沙子龙是短瘦、利落、硬棒,两眼明得像霜夜的大星?可是,现在他身上放了肉。镖局改了客栈,他自己在后小院占着三间北房,大枪立在墙角,院子里有几只楼鸽。只是在夜间,他把小院的门关好,熟习熟习他的"五虎断魂枪"。这条枪与这套枪,二十年的工夫,在西北一带,给他创出来:"神枪沙子龙"五个字,没遇见过敌手。现在,这条枪与这套枪不会再替他增光显胜了;只是摸摸这凉、滑、硬而发颤的杆子,使他心中少难过一些而已。只有在夜间独自拿起枪来,才能相信自己还是"神枪沙"。在白天,他不大谈武艺与往事;他的世界已被狂风吹了走。

在他手下创练起来的少年们还时常来找他。他们大多数是没落子的,都有点武艺,可是没地方去用。有的在庙会上去卖艺:踢两趟腿,练套家

时过境迁,"快枪"压倒了"神枪",沙子龙空怀一身绝技而无用武之地。时代淘汰了走镖这一行当,也湮没了他建立在走镖事业上的威名和荣光,他被迫改镖局为客栈。

这里通过沙子龙的动作、心理描写,体现出沙子龙的内心充溢着难以言传的苦涩。

伙,翻几个跟头,附带着卖点大力丸,混个三吊两吊的。有的实在闲不起了,去弄筐果子,或挑些毛豆角,赶早儿在街上论斤吆喝出去。那时候,米贱肉贱,肯卖膀子力气本来可以混个肚儿圆;他们可是不成:肚量既大,而且得吃口管事儿的;干饽饽辣饼子咽不下去。况且他们还时常去走会:五虎棍,开路,太狮少狮……虽然算不了什么——比起走镖来——可是到底有个机会活动活动,露露脸。是的,走会捧场是买脸的事,他们打扮的得像个样儿,至少得有条青洋绉裤子,新漂白细布的小褂,和一双鱼鳞洒鞋——顶好是青缎子抓地虎靴子。他们是神枪沙子龙的徒弟——虽然沙子龙并不承认——得到处露脸,走会得赔上俩钱,说不定还得打场架。没钱,上沙老师那里去求。沙老师不含糊,多少不拘,不让他们空着手儿走。可是,为打架或献技去讨教一个招数,或是请给说个"对子"——什么空手夺刀,或虎头钩进枪——沙老师有时说句笑话,马虎过去:"教什么?拿开水浇

沙子龙对生活困窘、来讨要钱财的徒弟们毫不含糊,体现了他善良仗义。但徒弟们来讨教武艺,沙老师是不配合的,体现了他在时代洪流下有一些封闭顽固,也体现他洁身自好,不混世。

吧！"有时直接把他们赶出去。他们不大明白沙老师是怎么了，心中也有点不乐意。

可是，他们到处为沙老师吹腾，一来是愿意使人知道他们的武艺有真传授，受过高人的指教；二来是为激动沙老师：万一有人不服气而找上老师来，老师难道还不露一两手真的么？所以，沙老师一拳就砸倒了个牛！沙老师一脚把人踢到房上去，并没使多大的劲！他们谁也没见过这种事，但是说着说着，他们相信这是真的了，有年月，有地方，千真万确，敢起誓！

王三胜——沙子龙的大伙计——在土地庙拉开了场子，摆好了家伙。抹了一鼻子茶叶末色的鼻烟，他抡了几下竹节钢鞭，把场子打大一些。放下鞭，没向四围作揖，叉着腰念了两句："脚踢天下好汉，拳打五路英雄！"向四围扫了一眼，"乡亲们，王三胜不是卖艺的；玩艺儿会几套，西北路上走过镖，会过绿林中的朋友。现在闲着没事，拉个场子陪诸位玩玩。有爱练的尽管下来，王三胜以武会友,有赏脸的,我陪着。神枪沙子龙是我的师傅;玩艺儿地道!诸位,有愿下来的没有?"他看着,准知道没人敢下来,他的话硬,可是那条钢鞭更硬,十八斤重。

王三胜,大个子,一脸横肉,努着对大黑眼珠,看着四围。大家不出声。他脱了小褂,紧了紧深月白色的"腰里硬",把肚子杀进去。给手心一口唾沫,抄起大刀来:

"诸位,王三胜先练趟瞧瞧。不白练,练完了,带着的扔几个;没钱,给喊个好,助助威。这儿没生意口。好,上眼!"

大刀靠了身,眼珠努出多高,脸上绷紧,胸脯子鼓出,像两块老桦木根子。一跺脚,刀横起,大红缨子在肩前摆动。削砍劈拨,蹲越闪转,手起风生,忽忽直响。忽然刀在右手心上旋转,身弯下去,四围鸦雀无声,只有缨铃轻叫。刀顺过来,猛的一个"跺泥",身子直挺,比众人高着一头,黑塔似的。收了势:"诸位!"一手持刀,一手叉腰,

> 王三胜出场时的肖像、动作、语言描写,寥寥数语就把这个有几分拳脚功夫、性格外露、生活窘迫的江湖艺人形象展现出来。

看着四围。稀稀的扔下几个铜钱,他点点头。"诸位!"他等着,等着,地上依旧是那几个亮而削薄的铜钱,外层的人偷偷散去。他咽了口气:"没人懂!"他低声的说,可是大家全听见了。

"有功夫!"西北角上一个黄胡子老头儿答了话。

"啊?"王三胜好似没听明白。

"我说:你——有——功——夫!"老头子的语气很不得人心。

放下大刀,王三胜随着大家的头往西北看。谁也没看重这个老人:小干巴个儿,披着件粗蓝布大衫,脸上窝窝瘪瘪,眼陷进去很深,嘴上几根细黄胡,肩上扛着条小黄草辫子,有筷子那么细,而绝对不像筷子那么直顺。王三胜可是看出这老家伙有功夫,脑门亮,眼睛亮——眼眶虽深,眼珠可黑得像两口小井,深深的闪着黑光。王三胜不怕:他看得出别人有功夫没有,可更相信自己的本事,他是沙子龙手下的大将。

从五官和发辫来看,老者是一个平平无奇,甚至有些营养不良的瘦小老头儿,但眼神有杀伤力。

"下来玩玩，大叔！"王三胜说得很得体。

点点头，老头儿往里走。这一走，四外全笑了。他的胳臂不大动；左脚往前迈，右脚随着拉上来，一步步的往前拉扯，身子整着，像是患过瘫痪病。蹭到场中，把大衫扔在地上，一点没理会四围怎样笑他。

"神枪沙子龙的徒弟，你说？好，让你使枪吧；我呢？"老头子非常的干脆，很像久想动手。

人们全回来了，邻场耍狗熊的无论怎么敲锣也不中用了。

"三截棍进枪吧？"王三胜要看老头子一手，三截棍不是随便就拿得起来的家伙。

老头子又点点头，拾起家伙来。

王三胜努着眼，抖着枪，脸上十分难看。

老头子的黑眼珠更深更小了，像两个香火头，随着面前的枪尖儿转，王三胜忽然觉得不舒服，那俩黑眼珠似乎要把枪尖吸进去！四外已围得风雨不透，大家都觉出老头子确是有威。为躲那对眼睛，

<small>老者的眼睛特写和王三胜的个人感受，烘托出孙老者一身威严。</small>

王三胜耍了个枪花。老头子的黄胡子一动："请！"王三胜一扣枪，向前躬步，枪尖奔了老头子的喉头去，枪缨打了一个红旋。老人的身子忽然活展了，将身微偏，让过枪尖，前把一挂，后把撩王三胜的手。拍，拍，两响，王三胜的枪撒了手。场外叫了好。王三胜连脸带胸口全紫了，抄起枪来；一个花子，连枪带人滚了过来，枪尖奔了老人的中部。老头子的眼亮得发着黑光；腿轻轻一屈，下把掩裆，上把打着刚要抽回的枪杆；拍，枪又落在地上。

场外又是一片彩声。王三胜流了汗，不再去拾枪，努着眼，木在那里。老头子扔下家伙，拾起大衫，还是拉拉着腿，可是走得很快了。大衫搭在臂上，他过来拍了王三胜一下："还得练哪，伙计！"

"别走！"王三胜擦着汗，"你不离，姓王的服了！可有一样，你敢会会沙老师？"

"就是为会他才来的！"老头子的干巴脸上皱起点来，似乎是笑呢，"走；收了吧；晚饭我请！"

> 简单利落的语言体现出老者嗜武如命、爱寻师访友、豪爽乐观的个性。

王三胜把兵器拢在一处，寄放在变戏法二麻子那里,陪着老头子往庙外走。后面跟着不少人,他把他们骂散了。

"你老贵姓?"他问。

"姓孙哪,"老头子的话与人一样,都那么干巴,"爱练;久想会会沙子龙。"

<u>沙子龙不把你打扁了!王三胜心里说。他脚底下加了劲,可是没把孙老头儿落下。</u>他看出来,老头子的腿是老走着查拳门中的连跳步;交起手来,必定很快。但是,无论他怎么快,沙子龙是没对手的。准知道孙老头儿要吃亏,他心中痛快了些,放慢了些脚步。

"孙大叔贵处?"

"河间的,小地方。"孙老者也和气了些,"月棍年刀一辈子枪,不容易见功夫!说真的,你那两手就不坏!"

王三胜头上的汗又回来了,没言语。

到了客栈,他心中直跳,唯恐沙老师不在家,他急于报仇。他知道老师不爱管这种事,师弟们已

旁注:
王三胜的心理和动作描写,体现了他争强好胜的个性。

"急于报仇"就牵连出沙子龙这位师傅,体现了王胜三好胜、利己的性格弱点。

碰过不少回钉子，可是他相信这回必定行，他是大伙计，不比那些毛孩子；再说，人家在庙会上点名叫阵，沙老师还能丢这个脸么？

"三胜，"沙子龙正在床上看着本《封神榜》，"有事么？"

三胜的脸又紫了，嘴唇动着，说不出话来。

沙子龙坐起来，"怎么了，三胜？"

"栽了跟头！"

只打了个不甚长的哈欠，沙老师没别的表示。

王三胜心中不平，但是不敢发作；他得激动老师："姓孙的一个老头儿，门外等着老师呢；把我的枪，枪，打掉了两次！"他知道"枪"字在老师心中有多大分量。没等吩咐，他慌忙跑出去。

客人进来，沙子龙在外间屋等着呢。彼此拱手坐下，他叫三胜去泡茶。三胜希望两个老人立刻交了手，可是不能不沏茶去。孙老者没话讲，用深藏着的眼睛打量沙子龙。沙很客气：

"要是三胜得罪了你，不用理他，年纪还轻。"

孙老者有些失望，可也看出沙子龙的精明。他不知怎样好了，不能拿一个人的精明断定他的武艺。"我来领教领教枪法！"他不由地说出来。

沙子龙没接碴儿。王三胜提着茶壶走进来——急于看二人动手，他没管水开了没有，就沏在壶中。

"三胜，"沙子龙拿起个茶碗来，"去找小顺们去，天汇见，陪孙老者吃饭。"

"什么！"王三胜的眼珠几乎掉出来。看了看沙老师的脸，他敢怒而不敢言地说了声"是啦！"走出去，撅着大嘴。

"教徒弟不易！"孙老者说。

"我没收过徒弟。走吧，这个水不开！茶馆去喝，喝饿了就吃。"沙子龙从桌子上拿起缎子褡裢，一头装着鼻烟壶，一头装着点钱，挂在腰带上。

"不，我还不饿！"孙老者很坚决，两个"不"字把小辫从肩上抡到后边去。

"说会子话儿。"

"我来为领教领教枪法。"

"功夫早搁下了，"沙子龙指着身上，"已经放了肉！"

"这么办也行，"孙老者深深的看了沙老师一眼，"不比武，教给我那趟五虎断魂枪。"

"五虎断魂枪？"沙子龙笑了，"早忘干净了！早忘干净了！告诉你，在我这儿住几天，咱们各处逛逛，临走，多少送点盘缠。"

"我不逛，也用不着钱，我来学艺！"孙老者立起来，"我练趟给你看看，看够得上学艺不够！"一屈腰已到了院中，把楼鸽都吓飞起去。拉开架子，他打了趟查拳：腿快，手飘洒，一个飞脚起去，小辫儿飘在空中，像从天上落下来一个风筝；快之中，每个架子都摆得稳、准、利落；来回六趟，把院子满都打到，走得圆，接得紧，身子在一处，而精神贯串到四面八方。抱拳收势，身儿缩紧，好似满院乱飞的燕子忽然归了巢。

"好！好！"沙子龙在台阶上点着头喊。

> 孙老者从领教枪法始，到拜师学艺终，两三句话直截了当说出自己的真实想法，体现他嗜武如命、以武会友的爽朗个性。

> 作者用词精准传神，好用短句：用"快""飘洒"等动词展现孙老者身手敏捷，以"走得圆""走得紧"刻画其步伐矫健，再以燕子归巢形容孙老者由动而静的收势迅捷，极有节奏和画面感地展现出孙老者高超的武艺。

"教给我那趟枪！"孙老者抱了抱拳。

沙子龙下了台阶，也抱着拳："孙老者，说真的吧；那条枪和那套枪都跟我入棺材，一齐入棺材！"

"不传？"

"不传！"

孙老者的胡子嘴动了半天，没说出什么来。到屋里抄起蓝布大衫，拉拉着腿："打搅了，再会！"

"吃过饭走！"沙子龙说。

孙老者没言语。

沙子龙把客人送到小门，然后回到屋中，对着墙角立着的大枪点了点头。

他独自上了天汇，怕是王三胜们在那里等着。他们都没有去。

王三胜和小顺们都不敢再到土地庙去卖艺，大家谁也不再为沙子龙吹胜；反之，他们说沙子龙栽了跟头，不敢和个老头儿动手；那个老头子一脚能踢死个牛。不要说王三胜输给他，沙子龙也不是他的对手。不过呢，王三胜到底和老头子见了个高

> 王三胜散播谣言，说沙子龙败给老头儿，以此争回颜面，表示自己输给孙老者也是情有可原，可见王三胜毫无习武之人的心胸气度。

低，而沙子龙连句硬话也没敢说。"神枪沙子龙"慢慢似乎被人们忘了。

夜静人稀，沙子龙关好了小门，一气把六十四枪刺下来；而后，挂着枪，望着天上的群星，想起当年在野店荒林的威风。叹一口气，用手指慢慢摸着凉滑的枪身，又微微一笑，"不传！不传！"

面临"东方之梦"破灭的现实，沙子龙意识到武术的"无用"，将镖局改成客栈是他对现实的妥协。虽然面对孙老者的求教以"不传"断然回绝，但内心仍留恋往昔神枪手的威风，暗地不忘操练武艺。作者塑造了一位孤傲保守、没落寂寞的末路英雄。

这篇小说讲述了一位身穿马裤的乘客在火车上如何颐指气使地支使茶房的故事。他不仅让火车上的茶房烦不胜烦，也让同车的"我"不堪其扰。小说以夸张、漫画式的手法，对马裤先生不文明的言行进行了有力的讽刺。

故事开端，马裤先生登场：他语言平和，但空洞；衣着华丽，但中西混搭。寥寥数笔勾勒出马裤先生空虚无聊、装腔作势的形象。

用尽全身力气喊茶房，着急地支使茶房拿毯子，与前面"和气"的语气形成鲜明对比，凸显马裤先生颐指气使、目中无人的性格。

马裤先生

火车在北平东站还没开，同屋那位睡上铺的穿马裤，戴平光的眼镜，青缎子洋服上身，胸袋插着小楷羊毫，足登青绒快靴的先生发了问："你也是从北平上车？"很和气的。

我倒有点迷了头，火车还没动呢，不从北平上车，难道由——由哪儿呢？我只好反攻了："你从哪儿上车？"很和气的。我很希望他说是由汉口或绥远上车，因为果然如此，那么中国火车一定已经是无轨的，可以随便走走；那多么自由！

他没言语。看了看铺位，用尽全身——假如不是全生——的力气喊了声，"茶房！"

茶房正忙着给客人搬东西，找铺位。可是听见这么紧急的一声喊，就是有天大的事也得放下，茶房跑来了。

"拿毯子！"马裤先生喊。

"请少待一会儿，先生，"茶房很和气的说，"一开车，马上就给您铺好。"

马裤先生用食指挖了鼻孔一下，别无动作。

茶房刚走开两步。

"茶房！"这次连火车好似都震得直动。

茶房像旋风似的转过身来。

"拿枕头。"马裤先生大概是已经承认毯子可以迟一下，可是枕头总该先拿来。

"先生，请等一等，您等我忙过这会儿去，毯子和枕头就一齐全到。"茶房说的很快，可依然是很和气。

茶房看马裤客人没任何表示，刚转过身去要走，这次火车确是哗啦了半天，"茶房！"

茶房差点吓了个跟头，赶紧转回身来。

"拿茶！"

"先生,请略微等一等,一开车茶水就来。"

马裤先生没任何的表示。茶房故意的笑了笑,表示歉意。然后搭讪着慢慢的转身,以免快转又吓个跟头。转好了身,腿刚预备好快走,背后打了个霹雳,"茶房!"

茶房不是假装没听见,便是耳朵已经震聋,竟自没回头,一直的快步走开。

"茶房!茶房!茶房!"马裤先生连喊,一声比一声高;站台上送客的跑过一群来,以为车上失了火,要不然便是出了人命。茶房始终没回头。马裤先生又挖了鼻孔一下,坐在我的床上。刚坐下,"茶房!"茶房还是没来。看着自己的磕膝,脸往下沉,沉到最长的限度,手指一挖鼻孔,脸好似刷的一下又纵回去了。然后,"你坐二等?"这是问我呢。我又毛了,我确是买的二等,难道上错了车?

"你呢?"我问。

"二等。这是二等。二等有卧铺。快开车了吧?茶房!"

济南的冬天

我拿起报纸来。

他站起来，数他自己的行李，一共八件，全堆在另一卧铺上——两个上铺都被他占了。数了两次，又说了话，"你的行李呢？"

我没言语。原来我误会了：他是善意，因为他跟着说，"可恶的茶房，怎么不给你搬行李？"

我非说话不可了："我没有行李。"

"呕？！"他确是吓了一跳，好像坐车不带行李是大逆不道似的，"早知道，我那四只皮箱也可以不打行李票了！"

这回该轮着我了，"呕？！"我心里说，"幸而是如此，不然的话，把四只皮箱也搬进来，还有睡觉的地方啊？！"

我对面的铺位也来了客人，他也没有行李，除了手中提着个扁皮夹。

"呕？！"马裤先生又出了声，"早知道你们都没行李，那口棺材也可以不另起票了！"

我决定了。下次旅行一定带行李；真要陪着棺

> 马裤先生这句话真是"语不惊人死不休"，为自己没有占到便宜而懊悔，丝毫不顾他人感受。

材睡一夜，谁受得了！

茶房从门前走过。

"茶房！拿毛巾把！"

"等等。"茶房似乎下了抵抗的决心。

马裤先生把领带解开，摘下领子来，分别挂在铁钩上：所有的钩子都被占了，他的帽子，风衣，已占了两个。

车开了，他登时想起买报，"茶房！"

茶房没有来。我把我的报赠给他；我的耳鼓出的主意。

他爬上了上铺，在我的头上脱靴子，并且击打靴底上的土。枕着个手提箱，用我的报纸盖上脸，车还没到永定门，他睡着了。

我心中安坦了许多。

到了丰台，车还没站住，上面出了声，"茶房！"

没等茶房答应，他又睡着了；大概这次是梦话。

过了丰台，茶房拿来两壶热茶。我和对面的客

旁批：

马裤先生将自己的物品铺展招摇，尽情占用公共挂钩，体现他爱占便宜、自私自利的小市民心理。

马裤先生好不容易爬上上铺，以为他消停了，没想到"在我头上脱靴子，击打靴底上的土"，一连串不文明行为与他的语言体现出的性格相符。

人——一位四十来岁平平无奇的人，脸上的肉还可观——吃茶闲扯。大概还没到廊房，上面又开了雷，"茶房！"

茶房来了，眉毛拧得好像要把谁吃了才痛快。

"干吗？先——生——"

"拿茶！"上面的雷声响亮。

"这不是两壶？"茶房指着小桌说。

"上边另要一壶！"

"好吧！"茶房退出去。

"茶房！"

<u>茶房的眉毛拧得直往下落毛。</u>

"不要茶，要一壶开水！"

"好啦！"

"茶房！"

我直怕茶房的眉毛脱净！

"拿毯子，拿枕头，打手巾把，拿——"似乎没想起拿什么好。

"先生，您等一等。天津还上客人呢；过了天

> 这个画面很精彩，一个"拧"字生动地写出了茶房对马裤先生无理要求的不耐烦。

津我们一总收拾,也耽误不了您睡觉!"茶房一气说完,扭头就走,好像永远不再想回来。

待了会儿,开水到了,马裤先生又入了梦乡,呼声只比"茶房"小一点。可是匀调而且是继续的努力,有时呼声稍低一点,用咬牙来补上。

"开水,先生!"

"茶房!"

"就在这哪;开水!"

"拿手纸!"

"厕所里有。"

"茶房!厕所在哪边?"

"哪边都有。"

"茶房!"

"回头见。"

"茶房!茶房!!茶房!!!"

没有应声。

"呼——呼呼——呼——"又睡了。

有趣!

到了天津。又上来些旅客。马裤先生醒了，对着壶嘴喝了一气水。又在我头上击打靴底。穿上靴子，出溜下来，食指挖了鼻孔一下，看了看外面。

"茶房！"

恰巧茶房在门前经过。

"拿毯子！"

"毯子就来。"

马裤先生走出去，呆呆的立在走廊中间，专为阻碍来往的旅客与脚夫。忽然用力挖了鼻孔一下，走了。下了车，看看梨，没买；看看报，没买；看看脚行的号衣，更没作用。又上来了，向我招呼了声，"天津，喂？"我没言语。他向自己说，"问问茶房，"紧跟着一个雷，"茶房！"我后悔了，赶紧的说，"是天津，没错儿。"

"总得问问茶房；茶房！"

我笑了，没法再忍住。

车好容易又从天津开走。

刚一开车，茶房给马裤先生拿来头一份毯子、

> 集中而简短的动作描写，写出马裤先生的反复与无聊。

枕头和手巾把。马裤先生用手巾把耳孔鼻孔全钻得到家，这一把手巾擦了至少有一刻钟，最后用手巾擦了擦手提箱上的土。

> 我给他数着，从老站到总站的十来分钟之间，他又喊了四五十声茶房。茶房只来了一次，他的问题是火车向哪面走呢？茶房的回答是不知道；于是又引起他的建议，车上总该有人知道，茶房应当负责去问。茶房说，连驶车的也不晓得东西南北。于是他几乎变了颜色，万一车走迷了路！？茶房没再回答，可是又掉了几根眉毛。

<small>马裤先生询问的茶房问题大多毫无意义，从前文看这里侧重于记录马裤先生呼喊茶房的密集程度，集中体现了对他的讽刺。</small>

他又睡了，这次是在头上摔了摔袜子，可是一口痰并没往下唾，而是照顾了车顶。

我睡不着是当然的，我早已看清，除非有一对"避呼耳套"当然不能睡着。可怜的是别屋的人，他们并没预备来熬夜，可是在这种带钩的呼声下，还只好是白瞪眼一夜。

我的目的地是德州，天将亮就到了。谢天谢地！

济南的冬天

车在此处停半点钟，我雇好车，进了城，还清清楚楚的听见"茶房！"

一个多礼拜了，我还惦记着茶房的眉毛呢。

车到站了，"我"已远离马裤先生，但耳畔仍有其声，可见马裤先生已经对"我"造成了精神困扰。以茶房的眉毛结尾，幽默风趣，意味深远，也体现了我对马裤先生的不满和对茶房的同情。

小铃儿

京城北郊王家镇小学校里,校长,教员,夫役,凑齐也有十来个人,没有一个不说小铃儿是聪明可爱的。每到学期开始,同级的学友多半是举他做级长的。

别的孩子入学后,先生总喊他的学名,惟独小铃儿的名字,——德森——仿佛是虚设的。校长时常的说:"小铃儿真像个小铜铃,一碰就响的!"

下了课后,先生总拉着小铃儿说长道短,直到别的孩子都走净,才放他走。那一天师生说闲话,先生顺便的问道:"小铃儿你父亲得什么病死的?你还记得他的模样吗?"

"不记得!等我回家问我娘去!"小铃儿哭丧

着脸，说话的时候，眼睛不住的往别处看。

"小铃儿看这张画片多么好，送给你吧！"先生看见小铃儿可怜的样子，赶快从书架上拿了一张画片给了他。

"先生！谢谢你——这个人是谁？"

"这不是咱们常说的那个李鸿章吗！"

"就是他呀！呸！跟日本讲和的！"小铃儿两只明汪汪的眼睛，看看画片，又看先生。

"拿去吧！昨天咱们讲的国耻历史忘了没有？长大成人打日本去，别跟李鸿章一样！"

"跟他一样？把脑袋打掉了，也不能讲和！"小铃儿停顿一会儿，又继续着说，"明天讲演会我就说这个题目，先生！我讲演的时候，怎么脸上总发烧呢？"

"慢慢练就不红脸啦！铃儿该回去啦！好！明天早早来！"先生顺口搭音的躺在床上。

"先生明天见吧！"小铃儿背起书包，唱着小山羊歌走出校来。

> 先生的话透露出这是有缺陷的学校教育，先生不懂得救亡图存的基本办法，当然不可能示学生以修学储能、洗雪国耻的正确途径。

小铃儿每天下学,总是一直唱到家门,他母亲听见歌声,就出来开门;今天忽然变了:

"娘啊!开门来!"很急躁的用小拳头叩着门。

"今天怎么这样晚才回来?刚才你大舅来了!"小铃儿的母亲,把手里的针线,扦在头上,给他开门。

"在哪儿呢?大舅!大舅!你怎么老不来啦?"小铃儿紧紧的往屋里跑。

"你倒是听完了!你大舅等你半天,等的不耐烦,就走啦;一半天还来呢!"他母亲一边笑一边说。

"真是!今天怎么竟是这样的事!跟大舅说说李鸿章的事也好哇!"

"哟!你又跟人家拌嘴啦?谁?跟李鸿章?"

"娘啊!你要上学,可真不行,李鸿章早死啦!"从书包里拿出画片,给他母亲看,"这不是他;不是跟日本讲和的奸细吗!"

"你这孩子!一点规矩都不懂啦!等你舅舅来,

济南的冬天

还是求他带你学手艺去,我知道李鸿章干吗?"

"学手艺,我可不干!我现在当级长,慢慢的往上升,横是有做校长的那一天!多么好!"他摇晃着脑袋,向他母亲说。

"别美啦!给我买线去!青的白的两样一个铜子的!"

吃过晚饭小铃儿陪着母亲,坐在灯底下念书;他母亲替人家作些针黹。念乏了,就同他母亲说些闲话。

"娘啊!我父亲脸上有麻子没有?"

"这是打哪儿提起,他脸上甭提多么干净啦!"

"我父亲爱我不爱?给我买过吃食没有?"

"你都忘了!哪一天从外边回来不是先去抱你,你姑母常常的说他:'这可真是你的金蛋,抱着吧!将来真许作大官增光耀祖呢!'你父亲就眯睎眯睎的傻笑,搬起你的小脚指头,放在嘴边香香的亲着,气得你姑母又是恼又是笑。——那时你真是又白又胖,着实的爱人。"

> 结合前后文可知小铃儿的父亲在打仗时战死,留下孤儿寡母,母亲靠替人做针线维持一家生计,这应该是生活在贫困线上的母子俩。

小铃儿不错眼珠的听他母亲说，仿佛听笑话似的，待了半天又问道：

"我姑母打过我没有？"

"没有！别看她待我厉害，待你可是真爱。那一年你长口疮，半夜里啼哭，她还起来背着你，满屋子走，一边走一边说：'金蛋！金蛋！好孩子！别哭！你父亲一定还回来呢！回来给你带柿霜糖多么好吃！好孩子！别哭啦！'"

"我父亲那一年就死啦？怎么死的？"

"可不是后半年！你姑母也跟了他去，要不是为你，我还干什么活着？"小铃儿的母亲放下针线叹了一口气，那眼泪断了线的珠子般流下来！

"你父亲不是打南京阵亡了吗？哼！尸骨也不知道飞到哪里去呢！"

小铃儿听完，蹦下炕去，拿小拳头向南北画着，大声的说："不用忙！我长大了给父亲报仇！先打日本后打南京！"

"你要怎样？快给我倒碗水吧！不用想那个，

> 小铃儿的母亲是个没有政治意识的家庭妇女，她不知道李鸿章是何人，当然也不会知道当年南京政府是什么性质，因此她不能给孩子以正确的引导。由此可见，小铃儿的家庭教育是有缺陷的。

长大成人好好的养活我,那才算孝子。倒完水该睡了,明天好早起!"

他母亲依旧作她的活计,小铃儿躺在被窝里,把头钻出来钻进去,一直到二更多天才睡熟。

"快跑,快跑,开枪!打!"小铃儿一拳打在他母亲的腿上。

"哟,怎么啦!这孩子又吃多啦!瞧!被子踹在一边去了,铃儿!快醒醒!盖好了再睡!"

"娘啊!好痛快!他们败啦!"小铃儿睁了睁眼睛,又睡着了。

第二天小铃儿起来的很早,一直的跑到学校,不去给先生鞠躬,先找他的学伴。凑了几个身体强壮的,大家蹲在体操场的犄角上。

小铃儿说:"我打算弄一个会,不要旁人,只要咱们几个。每天早来晚走,咱们大家练身体,互相的打,打疼了,也不准急,练这么几年,管保能打日本去;我还多一层,打完日本再打南京。"

"好!好!就这么办!就举你作头目。咱们都

> 小铃儿从少年的角度立志要报国仇家恨,这句小铃儿的语言描写体现了少年初生牛犊不怕虎的豪气,以及他纯真无邪、爱憎分明的性格。

起个名儿，让别人听不懂，好不好？"一个十四五岁头上长着疙瘩，名叫张纯的说。

"我叫一只虎，"李进才说，"他们都叫我李大嘴，我的嘴真要跟老虎一样，非吃他们不可！"

"我，我叫花孔雀！"一个鸟贩子的儿子，名叫王凤起的说。

"我叫什么呢？我可不要什么狼和虎，"小铃儿说。

"越厉害越好啊！你说虎不好，我不跟你好啦！"李进才撇着嘴说。

"要不你叫卷毛狮子，先生不是说过：'狮子是百兽的王'吗！"王凤起说。

"不行！不行！我力气大，我叫狮子！德森叫金钱豹吧！"张纯把别人推开，拍着小铃儿的肩膀说。

正说的高兴，先生从那边嚷着说："你们不上教室温课去，蹲在那块干什么？"一眼看见小铃儿声音稍微缓和些，"小铃儿你怎么也蹲在那块？快上

小铃儿和同伴们组会、起名儿、派头目的行为，很有点江湖人士的味道。

教室里去！"

大家慢腾腾的溜开，等先生进屋去，又凑在一块商议他们的事。

不到半个月，学校里竟自发生一件奇怪的事，——永不招惹人的小铃儿会有人给他告诉："先生！小铃儿打我一拳！"

"胡说！小铃儿哪会打人？不要欺侮他老实！"先生很决断的说，"叫小铃儿来！"

小铃儿一边擦头上的汗一边说："先生！真是我打了他一下，我试着玩来着，我不敢再……"

"去吧！没什么要紧！以后不准这样，这么点事，值得告诉？真是！"先生说完，小铃儿同那委委屈屈的小孩子都走出来。

> 学校先生没有及时发现小铃儿的变化，甚至一味包庇他无故欺负同学的行为，没有及时对他进行教育。这也为后来小铃儿犯下更大的错做了铺垫。

"先生！小铃儿看着我们值日，他竟说我们没力气，不配当，他又管我们叫小日本，拿着教鞭当枪，比着我们。"几个小女孩子，都用那炭条似的小手，抹着眼泪。

"这样子！可真是学坏了！叫他来，我问他！"先生很不高兴的说。

"先生！她们值日，老不痛痛快快的吗，三个人搬一把椅子。——再说我也没拿枪比画她们。"小铃儿恶狠狠的瞪着她们。

"我看你这几天是跟张纯学坏了，顶好的孩子，怎么跟他学呢！"

"谁跟卷毛狮……张纯……"小铃儿背过脸去吐了吐舌头。

"你说什么？"

"谁跟张纯在一块来着！"

"我也不好意罚你，你帮着她们扫地去，扫完了，快画那张国耻地图。不然我可真要……"先生头也不抬，只顾改缀法的成绩。

"先生！我不用扫地了，先画地图吧！开展览会的时候，好让大家看哪！你不是说，咱们国的人，都不知道爱国吗？"

"也好！去画吧！你们也都别哭了！还不快扫

地去，扫完了好回家！"

小铃儿同着她们一齐走出来，走不远，就看见那几个淘气的男孩子，在墙根站着，向小铃儿招手，低声的叫着："豹！豹！快来呀！我们都等急啦！"

"先生还让我画地图哪！"

"什么地图，不来不行！"说话时一齐蜂拥上来，拉着小铃儿向体操场去，他嘴直嚷：

"不行！不行！先生要责备我呢！"

"练身体不是为挨打吗？你没听过先生说吗？什么来着？对了：'斯巴达的小孩，把小猫藏在裤子里，还不怕呢！'挨打是明天的事，先走吧！走！"张纯一边比方着，一边说。

小铃儿皱着眉，同大家来到操场犄角说道：

"说吧！今天干什么？"

"今天可好啦！我探明白了！一个小鬼子，每天骑着小自行车，从咱们学校北墙外边过，咱们想法子打他好不好？"张纯说。

李进才抢着说："我也知道，他是北街洋教堂的孩子。"

"别粗心咧！咱们都带着学校的徽章，穿着制服，打他的时候，他还认不出来吗？"小铃儿说。

几个孩子在商议着以打洋人孩子的办法去报国仇，言语里透着无知。

"好怯家伙！大丈夫敢作敢当，再说先生责罚咱们，不会问他，你不是说雪国耻得打洋人吗？"李进才指教员室那边说。

"对！——可是倘若把衣裳撕了，我母亲不打我吗？"小铃儿站起来，掸了掸身上的土。

"你简直的不用去啦！这么怯，将来还打日本哪？"王凤起指着小铃儿的脸说。

"干哪！听你们的！走……"小铃儿红了脸，同着大众顺着墙根溜出去，也没顾拿书包。

小说以小铃儿被勒令退学为结局，有一定讽刺意义，少年小铃儿被尽快复仇的责任感和正义感冲昏了头脑，一腔爱国热情却没有使在正确的地方。他被灌输了狭隘的爱国主义，最终从一个老实听话的好孩子变成了无理打人的"坏"孩子，从而引发读者思考。

第二天早晨，校长显着极懊恼的神气，在礼堂外边挂了一块白牌，上面写着：

"德森张纯……不遵校规，纠众群殴，……照章斥退……"

铁牛和病鸭

王明远的乳名叫"铁柱子"。在学校里他是"铁牛"。好像他总离不开铁。这个家伙也真是有点"铁"。大概他是不大爱吃石头罢了;真要吃上几块的话,那一定也会照常的消化。

他的浑身上下,看哪儿有哪儿,整像匹名马。他可比名马还泼辣一些,既不娇贵,又没脾气。一年到头,他老笑着。两排牙,齐整洁白,像个小孩儿的。可是由他说话的时候看,他的嘴动得那么有力量,你会承认这两排牙,看着那么白嫩好玩,实在能啃碎石头子儿。

认识他的人们都知道这么一句——老王也得咧嘴。这是形容一件最累人的事。王铁牛几乎不懂什

> 作者用幽默的比喻,写出了铁牛朴实、坚韧、能干的特性,他不爱闹脾气,也不娇贵,总是笑着面对困难。

么叫累得慌。他要是咧了嘴，别人就不用想干了。

铁牛不念《红楼梦》——"受不了那套妞儿气！"他永远不闹小脾气，真的。"看看这个，"他把袖子搂到肘部，敲着筋粗肉满的胳臂，"这么粗的小棒锤，还闹小性，羞不羞？"顺势砸自己的胸口两拳，咚咚的响。

他有个志愿，要和和平平的作点大事。他的意思大概是说，作点对别人有益的事，而且要自自然然作成，既不锣鼓喧天，也不杀人流血。

由他的谈吐举动上看，谁也看不出他曾留过洋，念过整本的洋书，他说话的时候永不夹杂着洋字。他看见洋餐就挠头，虽然请他吃，他也吃得不比别人少。不服洋服，不会跳舞，不因为街上脏而堵上鼻子，不必一定吃美国橘子。总而言之，他既不闹中国脾气，也不闹外国脾气。比如看电影，《火烧红莲寺》和《三剑客》，对他，并没有多少分别。除了"妞儿气"的片子，都"不坏"。

他是学农的。这与他那个"和和平平的作点大

> 铁牛的这个志愿"和和平平作点大事"，体现他有奉献精神。

事"颇有关系。他的态度大致是这样：无论政治上怎样革命，人反正得吃饭。农业改良是件大事。他不对人们用农学上的专名词；他研究的是农业，所以心中想的是农民，他的感情把研究室的工作与农民的生活联成一气。他不自居为学者。遇上好转文的人，他有句善意的玩笑话："好不好由武松打虎说起？"《水浒传》是他的"文学"。

  自从留学回来，他就在一个官办的农场作选种的研究与试验。这个农场的成立，本是由几个开明官儿偶然灵机一动，想要关心民瘼，所以经费永远没有一定的着落。场长呢，是照例每七八个月换一位，好像场长的来去与气候有关系似的。这些来来往往的场长们，人物不同，可是风格极相似，颇似秀才们作的八股儿。他们都是咧着嘴来，咧着嘴去，设若不是"场长"二字在履历上有点作用，他们似乎还应当痛哭一番。场长既是来熬资格，自然还有愿在他们手下熬更小一些资格的人。所以农场虽成立多年，农场试验可并没有作过。要是有的话，就是铁牛自己那点事儿。

为他，这个农场在用人上开了个官界所不许的例子——场长到任，照例不撤换铁牛。这已有五六年的样子了。

铁牛不大记得场长们的姓名，可是他知道怎样央告场长。在他心中，场长，不管姓甚名谁，是必须央告的。"我的试验需要长的时间。我爱我的工作。能不撤换我，是感激不尽的！请看看我的工作来，请来看看！"场长当然是不去看的；提到经费的困难；铁牛请场长放心，"减薪我也乐意干，我爱这个工作！"场长手下的人怎么安置呢？铁牛也有办法："只要准我在这儿工作，名义倒不拘。"薪水真减了，他照常的工作，而且作得颇高兴。

可有一回，他几乎落了泪。场长无论如何非撤他不可。可是头天免了职，第二天他照常去作试验，并且拉着场长去看他的工作："场长，这是我的命！再有些日子，我必能得到好成绩；这不是一天半天能作成的。请准我上这里作试验好了，什么我

> 铁牛热爱农业研究，对待工作非常认真，不参与官场斗争，认为农业改良是大事，有着务实的态度。

也不要。到别处去，我得从头另作，前功尽弃。况且我和这个地方有了感情，这里的一切是我的手，我的脚。我永不对它们发脾气，它们也老爱我。这些标本，这些仪器，都是我的好朋友！"他笑着，眼角里有个泪珠。耶稣收税吏作门徒必是真事，要不然场长怎会心一软，又留下了铁牛呢？从此以后，他的地位稳固多了，虽然每次减薪，他还是跑不了。"你就是把钱都减了去，反正你减不去铁牛！"他对知己的朋友总这样说。

他虽不记得场长们的姓名，他们可是记住了他的。在他们天良偶尔发现的时候，他们便想起铁牛。因此，很有几位场长在高升了之后，偶尔凭良心作某件事，便不由的想"借重"铁牛一下，向他打个招呼。铁牛对这种"抬爱"老回答这么一句："谢谢善意，可是我爱我的工作，这是我的命！"他不能离开那个农场，正像小孩离不开母亲。

为维持农场的存在，总得作点什么给人们瞧瞧，所以每年必开一次农品展览会。职员们在开会以前，对铁牛特别的和气。"王先生，多偏劳！开完会请你吃饭！"吃饭不吃饭，铁牛倒不在乎；这是和农民与社会接触的好机会。他忙开了：征集，编制，陈列，讲演，招待，全是他，累得"四脖子汗流"。有的职员在旁边看着，有点不大好意思。所以过来指摘出点毛病，以便表示他们虽没动手，可是眼睛没闲着。铁牛一边擦汗一边道歉："幸亏你告诉我！幸亏你告诉我！"对于来参观的农民，他只恨长着一张嘴，没法儿给人人掰开揉碎的讲。

> 在大家都为自己谋取福利的环境中，铁牛任劳任怨，努力干好本职工作，决不为个人名利。

有长官们坐在中间，好像兔儿爷摊子的开会纪念像片里，十回有九回没铁牛。他顾不得照像。这一点，有些职员实在是佩服了他。所以会开完了，总有几位过来招呼一声："你可真累了，这两天！"铁牛笑得像小姑娘穿新鞋似的："不累，一年才开一次会，还能说累？"

因此，好朋友有时候对他说："你也太好脾性了，老王！"

他笑着，似乎是要害羞："左不是多卖点力气，好在身体棒。"他又搂起袖子来，展览他的胳臂。他决听不出朋友那句话是有不满而故意欺侮他的意思。他自己的话永远是从正面说，所以想不到别人会说偏锋话。有的时候招得朋友不能不给他解释一下，他这才听明白。可是"谁有工夫想那么些个弯子！我告诉你，我的头一放在枕头上，就睡得像个球；要是心中老绕弯儿，怎能睡得着？人就仗着身体棒；身体棒，睁开眼就唱。"他笑开了。

  铁牛的同学李文也是个学农的。李文的腿很短，嘴很长，脸很瘦，心眼很多。被同学们封为"病鸭"。病鸭是牢骚的结晶，袋中老带着点"补丸"之类的小药，未曾吃饭先叹口气。他很热心的研究农学，而且深信改良农事是最要紧的。可是他始终没有成绩。他倒不愁得不到地位，而是事事人人总跟他闹别扭。就了一个事，至多半年就得散伙。即使事事人人都很顺心，他所坐的椅子，或头上戴的帽子，或作试验用的器具，总会跟他捣乱；于是他不能继续工作。世界上好像没有给他预备下一个可

> 病鸭心眼儿多，牢骚多，做事能力却十分不行。

爱的东西，一个顺眼的地方，一个可以交往的人；他只看他自己好，而人人事事和样样东西都跟他过不去。不是他作不出成绩来，是到处受人们的排挤，没法子再作下去。比如他刚要动手作工，旁边有位先生说了句："天很冷啊！"于是他的脑中转开了螺丝：什么意思呢，这句话？是不是说我刚才没有把门关严呢？他没法安心工作下去。受了欺侮是不能再作工的。早晚他要报复这个，可是马上就得想办法，他和这位说天气太冷的先生势不两立。

他有时候也能交下一两位朋友，可是交过了三个月，他开始怀疑，然后更进一步去试探，结果是看出许多破绽，连朋友那天穿了件蓝大衫都有作用。三几个月的交情于是吵散。一来二去，他不再想交友。他慢慢把人分成三等，一等是比他位分高的，一等是比他矮的，一等是和他一样儿高的。他也决定了，他可以成功，假如他能只交比他高的人，不理和他肩膀齐的，管辖着役使着比他矮的。"人"既选定，对"事"便也有了办法。"拿过来"

> 病鸭的心思都用在琢磨人上，他把人分三等，不同等级用不同的态度，这是一个极度自私、虚伪的人。

成了他的口号。非自己拿到一种或多种事业，终身便一无所成。拿过来自己办，才能不受别人的气。拿过来自己办，椅子要是成心捣乱，砸碎了兔崽子！非这样不可，他是热心于改良农事的；不能因受闲气而抛弃了一生的事业；打算不受闲气，自己得站在高处。

<u>有志者事竟成，几年的工夫他成了个重要的人物，"拿过来"不少的事业</u>。原先本是想拿过来便去由自己作，可是既拿过来一样，还觉得不稳固。还有斜眼看他的人呢！于是再去拿。越拿越多，越多越复杂，各处的椅子不同，一种椅子有一种气人的办法。他要统一椅子都得费许多时间。因此，每拿过来一个地方，他先把椅子都漆白了，为是省得有污点不易看见。椅子倒是都漆白了，别的呢？他不能太累了，虽然小药老在袋中，到底应当珍惜自己；世界上就是这样，除了你自己爱你自己，别人不会关心。

他和铁牛有好几年没见了。

> 他利用自己为人处世的办法，取得了一定的地位，有一定的权力，在事业上仅仅从别人那里拿过来，没有真才实学。

在学术圈里，没有才学的病鸭坐在台上，一幅"活像个半睡的鸭子"的漫画像被勾勒得极富讽刺性。

正赶上开农业学会年会。堂中坐满了农业专家。台上正当中坐着病鸭，头发挺长，脸色灰绿，长嘴放在胸前，眼睛时开时闭，活像个半睡的鸭子。他自己当然不承认是个鸭子；时开时闭的眼，大有不屑于多看台下那群人的意思。他明知道他们的学问比他强，可是他坐在台上，他们坐在台下；无论怎说，他是个人物，学问不学问的，他们不过是些小兵小将。他是主席，到底他是主人。他不能不觉着得意，可是还要露出有涵养，所以眼睛不能老睁着，好像天下最不要紧的事就是作主席。可是，眼睛也不能老闭着，也得留神下边有斜眼看他的人没有。假如有的话，得设法收拾他。就是在这么一睁眼的工夫，他看见了铁牛。

铁牛仿佛不是来赴会，而是料理自家的丧事或喜事呢。出来进去，好似世上就忙了他一个人了。

有人在台上宣读论文。病鸭的眼闭死了，每隔一分多钟点一次头，他表示对论文的欣赏，其实他是琢磨铁牛呢。他不愿承认他和铁牛同过学，他在台上闭目养神，铁牛在台下当"碎催"，好像他们不能作过学友；现在距离这么远，原先也似乎相离不应当那么近。他又不能不承认铁牛确是他的同学，这使他很难堪：是可怜铁牛好呢，还是夸奖自己好呢？铁牛是不是看见了他而故意的躲着他？或者也许铁牛自惭形秽不敢上前？是不是他应当显着大度包容而先招呼铁牛？他不能决定，而越发觉得"同学"是件别扭事。

台下一阵掌声，主席睁开了眼。到了休息的时间。

病鸭走到会场的门口，迎面碰上了铁牛。病鸭刚看见他，便赶紧拿着尺寸一低头，理铁牛不理呢？得想一想。可是他还没想出主意，就觉出右手像掩在门缝里那么疼了一阵。一抽手的工夫，他听见了："老李！还是这么瘦？老李——"

病鸭把手藏在衣袋里，去暗中舒展舒展；翻眼看了铁牛一下，铁牛脸上的笑意像个开花弹似的，从脸上射到空中。病鸭一时找不到相当的话说。他

病鸭和铁牛迎面相见的画面很幽默，病鸭是一段心理描写，在思考理不理铁牛，铁牛是语言描写，直接喊出了"老李！"两人个性完全不同，病鸭心眼儿多，对待同学不热情，甚至没有看得上铁牛；铁牛爽直，对人热情，但也不太会看人脸色。

觉得铁牛有点过于亲热。可又觉得他或者没有什么恶意——"还是这么瘦"打动了自怜的心,急于找话说,往往就说了不负责任的话。"老王,跟我吃饭去吧?"说完很后悔,只希望对方客气一下。可是铁牛点了头。病鸭脸上的绿色加深了些。"几年没有见了,咱们得谈一谈!"铁牛这个家伙是赏不得脸的。

两个老同学一块儿吃饭,在铁牛看,是最有意思的。病鸭可不这样看——两个人吵起来才没法下台呢!他并不希望吵,可是朋友到一块儿,有时候不由的不吵。脑子里一转弯,不能不吵;谁还能禁止得住脑子转弯?

铁牛是看见什么吃什么,病鸭要了不少的菜。病鸭自己可是不吃,他的筷子只偶尔的夹起一小块锅贴豆腐。"我只能吃点豆腐。"他说。他把"豆腐"两个字说得不像国音,也不像任何方音,听着怪像是外国字。他有好些字这么说出来。表示他是走南闯北,自己另制了一份儿"国语"。

济南的冬天

"哎?"铁牛听不懂这两个字。继而一看他夹的是豆腐,才明白过来:"咱可不行;豆腐要是加上点牛肉或者还沉重点儿。我说,老李,你得注意身体呀。那么瘦还行?"

太过火了!提一回正足以打动自怜的情感。紧自说人家瘦,这是看不起人!病鸭的脑子里皱上了眉。不便往下接着说,换换题目吧:

"老王,这几年净在哪儿呢?"

"——农场,不坏的小地方。"

"场长是谁?"

幸而铁牛这回没忘了——"赵次江。"

病鸭微微点了点头,唯恐怕伤了气。"他呀?待你怎样?"

"无所谓,他干他的,我干我的;只希望他别撤换我。"铁牛为是显着和气,也动了一块豆腐。

"拿过来好了。"病鸭觉得说了这半天,只有这一句还痛快些。"老王,你干吧!"

"我当然是干哪,我就怕干不下去,前功尽弃。

> 病鸭让铁牛当场长,不是多看得起铁牛的科研能力,也不是真正关心铁牛的前途,而是觉得铁牛好掌控好利用,体现了他虚伪的一面。

咱们这种工作要是没有长时间,是等于把钱打了水漂儿。"

"我是让你干场长。现成的事,为什么不拿过来?拿过来,你爱怎办怎办;赵次江是什么玩艺儿!"

"我当场长,"铁牛好像听见了一件奇事。"等过个半年来的,好被别人顶了?"

有点给脸不兜着!病鸭心里默演对话:"你这小子还不晓得李老爷有多大势力?轻看我?你不放心哪,我给你一手儿看看。"他略微一笑,说出声来:"你不干也好,反正咱们把它拿过来好了。咱们有的是人。你帮忙好了。你看看,我说不叫赵次江干,他就干不了!这话可不用对别人说。"

铁牛莫名其妙。

病鸭又补上一句:"你想好了,愿意干呢,我还是把场长给你。"

"我只求能继续作我的试验;别的我不管。"铁牛想不出别的话。

"好吧。"病鸭又"那么"说了这两个字，好像德国人在梦里练习华语呢。

直到年会开完，他们俩没再坐在一块谈什么。从铁牛那面儿说，他觉得病鸭是拿着一点精神病作事呢。"身体弱，见了喜神也不乐。"编好了这么句唱儿，就把病鸭忘了。

铁牛回到农场不久，场长果然换了。新场长对他很客气，头一天到任便请他去谈话：

"王先生，李先生的老同学。请多帮忙，我们得合作。老实不客气的讲，兄弟对于农学是一窍不通。不过呢，和李先生的关系还那个。王先生帮忙就是了，合作，我们合作。"

铁牛想不出，他怎能和个不懂农学的人合作。"精神病！"他想到这么三个字，就顺口说出来。

铁牛没有搞懂人际关系，这使得他前途渺茫。

新场长好像很明白这三个字的意思，脸沉下去："兄弟老实不客气的讲，王先生，这路话以后请少说为是。这倒与我没关系，是为你好。你看，李先生打发我到这儿来的时候，跟我谈了几句那天你怎么与他一同吃饭,说了什么。李先生露出一点意思,好像是说你有不合作的表示。不过他决不因为这个便想——啊,同学的面子总得顾到。请原谅我这样太不客气!据我看呢,大家既是朋友,总得合作。我们对于李先生呢,也理当拥护。自然我们不拥护他,那也没什么。不过是我们——不是李先生——先吃亏罢了。"

铁牛莫名其妙。

新场长到任后第一件事是撤换人,第二件事是把椅子都漆白了。第一件与铁牛无关,因为他没被撤职。第二件可不这样,场长派他办理油饰椅子,因这是李先生视为最重要的事,所以选派铁牛,以表示合作的精神。

铁牛既没那个工夫,又看不出漆刷椅子的重要,所以不管。

新场长告诉了他:"我接收你的战书;不过,你既是李先生的同学,我还得留个面子,请李先生自己处置这回事。李先生要是——什么呢,那我可也

济南的冬天

就爱莫能助了！"

"老李——"铁牛刚一张嘴，被场长给截住：

"你说的是李先生？原谅我这样爽直，李先生大概不甚喜欢你这个'老李'。"

"好吧，李先生知道我的工作，他也是学农的。场长就是告诉他，我不管这回事，他自然会晓得我什么不管。假如他真不晓得，他那才真是精神病呢。"铁牛似乎说高了兴，"我一见他的面，就看出来，他的脸是绿的。他不是坏人，我知道他；同学好几年，还能不知道这个？假如他现在变了的话，那一定是因为身体不好。我看见不是一位了，因为身体弱常闹小性。我一见面就劝了他一顿，身体弱，脑子就爱转弯。看我，身体棒，睁开眼就唱。"他哈哈的笑起来。

场长一声没出。

过了一个星期，铁牛被撤了差。

他以为这一定不能是病鸭的主意，因此他并不着慌。他计划好：援据前例，第二天还照常来工作；

> 铁牛没有真正认识自己的同学病鸭，也没有真正弄懂官场的人际关系，他总对第三个人评价李先生，还总说大实话，这都预示着铁牛在职场必定被排挤的结局。

场长真禁止他进去呢，再找老李——老李当然要维持老同学的。

可是，他临出来的时候，有人来告诉他："场长交派下来，你要明天是——的话，可别说用巡警抓你。"

他要求见场长，不见。

他又回到试验室，呆呆的坐了半天，几年的心血……

不能，不能是老李的主意，老李也是学农的，还能不明白我的工作的重要？他必定能原谅咱铁牛，即使真得罪了他。什么地方得罪了他呢？想不出来。除非他真是精神病。不能，他那天不是还请我吃饭来着？不论怎着吧，找老李去，他必定能原谅我。

铁牛越这样想越心宽，一见到病鸭，必能回职继续工作。他看着试验室内东西，心中想象着将来的成功——再有一二年，把试验的结果拿到农村去实地应用，该收一个粮的便收两个……和和平平的

> 铁牛对待工作兢兢业业，对待实验成果很用心，但是对待上级领导、对待他的老同学很不走心。在专业领域他是大拿，在职场人际关系中他是小白。

作了件大事！他到农场去绕了一圈，地里的每一棵谷每一个小木牌，都是他的儿女。回到屋内，给老李写了封顶知己的信，告诉他在某天去见他。把信发了，他觉得已经是一天云雾散。

按着信上规定的时间去见病鸭，病鸭没在家。可是铁牛不肯走，等一等好了。

等到第四个钟头上，来了个仆人："请不用等我们老爷了，刚才来了电话，中途上暴病，入了医院。"

铁牛顾不得去吃饭，一直跑到医院去。

病人不能接见客人。

"什么病呢？"铁牛和门上的人打听。

"没病，我们这儿的病人都没病。"门上的人倒还和气。

"没病干吗住院？"

"那咱们就不晓得了，也别说，他们也多少有点病。"

铁牛托那个人送进张名片。

> 这个结局很有讽刺性，病鸭用生病为借口拒绝见铁牛。实干的铁牛被虚伪、攀附的病鸭拒绝得彻彻底底，铁牛却始终没有搞明白。

待了一会儿,那个人把名片拿起来,上面有几个铅笔写的字:"不用再来,咱们不合作。"

"和和平平的作件大事!"铁牛一边走一面低声的念道。

邻居们

　　明太太的心眼很多。她给明先生已生了儿养了女,她也烫着头发,虽然已经快四十岁;可是她究竟得一天到晚悬着心。她知道自己有个大缺点,不认识字。为补救这个缺欠,她得使碎了心;对于儿女,对于丈夫,她无微不至的看护着。对于儿女,她放纵着,不敢责罚管教他们。她知道自己的地位还不如儿女高,在她的丈夫眼前,她不敢对他们发威。她是他们的妈妈,只因为他们有那个爸爸。她不能不多留个心眼,她的丈夫是一切,她不能打骂丈夫的儿女。她晓得丈夫要是恼了,满可以用最难堪的手段待她;明先生可以随便再娶一个,她一点办法也没有。

> 　　明太太出场,作者抓住有特点的言行对她描摹,把她放在作品的中心位置,她是一个不识字、没文化、家庭地位极低却心眼多的家庭主妇。

明太太对外人特别霸道、蛮横，对家人特别纵容，这和她的先生密切相关，是他丈夫威严的直接反映。这也为后文"葡萄事件"的处理做了铺垫。

她爱疑心，对于凡是有字的东西，她都不放心。字里藏着一些她猜不透的秘密。因此，她恨那些识字的太太们，小姐们。可是，回过头来一想，她的丈夫，她的儿女，并不比那些读书识字的太太们更坏，她又不能不承认自己的聪明，自己的造化，与自己的身分。她不许别人说她的儿女不好，或爱淘气。儿女不好便是间接的说妈妈不好，她不能受这个。她一切听从丈夫，其次就是听从儿女；此外，她比一切人都高明。对邻居，对仆人，她时时刻刻想表示出她的尊严。孩子们和别家的儿女打架，她是可以破出命的加入战争；叫别人知道她的厉害，她是明太太，她的霸道是反射出丈夫的威严，像月亮那样的使人想起太阳的光荣。

她恨仆人们，因为他们看不起她。他们并非不口口声声的叫她明太太，而是他们有时候露出那么点神气来，使她觉得他们心里是说："脱了你那件袍子，咱们都是一样；也许你更胡涂。"越是在明太太详密的计画好了事情的时候，他们越爱露这种神气。这使她恨不能吃了他们。她常辞退仆人，她只能这么吐一口恶气。

　　明先生对太太是专制的，可是对她放纵儿女，和邻居吵闹，辞退仆人这些事，他给她一些自由。他以为在这些方面，太太是为明家露脸。他是个勤恳而自傲的人。在心里，他真看不起太太，可是不许别人轻看她；她无论怎样，到底是他的夫人。他不能再娶，因为他是在个笃信宗教而很发财的外国人手下作事；离婚或再娶都足以打破他的饭碗。既得将就着这位夫人，他就不许有人轻看她。他可以打她，别人可不许斜看她一眼。他既不能真爱她，所以不能不溺爱他的儿女。他的什么都得高过别人，自己的儿女就更无须乎说了。

　　明先生的头抬得很高。他对得起夫人，疼爱儿女，有赚钱的职业，没一点嗜好，他看自己好像看一位圣人那样可钦仰。他求不着别人，所以用不着客气。白天他去工作，晚上回家和儿女们玩耍；他永远不看书，因为书籍不能供给他什么，他已经知

　　明先生高傲自大，心中没有国家，对待邻居非常没有礼貌，是个一心只想赚钱的市侩。

道了一切。看见邻居要向他点头，他转过脸去。他没有国家，没有社会。可是他有个理想，就是他怎样多积蓄一些钱，使自己安稳独立像座小山似的。

可是，他究竟还有点不满意。他嘱告自己应当满意，但在生命里好像有些不受自己支配管辖的东西。这点东西不能被别的物件代替了。他清清楚楚的看见自己身里有个黑点，像水晶里包着的一个小物件。除了这个黑点，他自信，并且自傲，他是遍体透明，无可指摘的。可是他没法去掉它，它长在他的心里。

他知道太太晓得这个黑点。明太太所以爱多心，也正因为这个黑点。她设尽方法，想把它除掉，可是她知道它越长越大。她会从丈夫的笑容与眼神里看出这黑点的大小，她可不敢动手去摸，那是太阳的黑点，不定多么热呢。那些热力终久会叫别人承受，她怕，她得想方法。

明先生的小孩偷了邻居的葡萄。界墙很矮，孩子们不断的过去偷花草。邻居是对姓杨的小夫妇，向来也没说过什么，虽然他们很爱花草。明先生和明太太都不奖励孩子去偷东西，可是既然偷了来，也不便再说他们不对。况且花草又不同别的东西，摘下几朵并没什么了不得。在他们夫妇想，假如孩子们偷几朵花，而邻居找上门来不答应，那简直是不知好歹。杨氏夫妇没有找来，明太太更进一步的想，这必是杨家怕姓明的，所以不敢找来。明先生是早就知道杨家怕他。并非杨家小两口怎样明白的表示了惧意，而是明先生以为人人应当怕他，他是永远抬着头走路的人。还有呢，杨家夫妇都是教书的，明先生看不起这路人。他总以为教书的人是穷酸，没出息的。尤其叫他恨恶杨先生的是杨太太很好看。他看不起教书的，可是女教书的——设若长得够样儿——多少得另眼看待一点。杨穷酸居然有这够样的太太，比起他自己的要好上十几倍，他不能不恨。反过来一想，挺俊俏的女人而嫁个教书的，或者是缺个心眼，所以他本不打算恨杨太太，可是不能不恨。明太太也看出这么一点来——丈夫

明先生夫妇对待孩子的教育是不科学的，对偷东西这件事虽然不鼓励，但也不反对，反正偷的是别人家的花，这体现出小市民爱占便宜、自私自利的特点。

明先生恨杨先生，是因为杨太太好看而嫉妒；明先生恨杨太太，是因为杨太太比自己的太太好上十几倍，是一种吃不到葡萄说葡萄酸的心理。

的眼睛时常往矮墙那边溜。因此，孩子们偷杨家老婆的花与葡萄是对的，是对杨老婆的一种惩罚。她早算计好了，自要那个老婆敢出一声，她预备着厉害的呢。

杨先生是最新式的中国人，处处要用礼貌表示出自己所受过的教育。对于明家孩子偷花草，他始终不愿说什么，他似乎想到明家夫妇要是受过教育的，自然会自动的过来道歉。强迫人家来道歉未免太使人难堪。可是明家始终没自动的过来道歉。杨先生还不敢动气，明家可以无礼，杨先生是要保持住自己的尊严的。及至孩子们偷去葡萄，杨先生却有点受不住了，倒不为那点东西，而是可惜自己花费的那些工夫；种了三年，这是第一次结果；只结了三四小团儿，都被孩子们摘了走。杨太太决定找明太太去报告。可是杨先生，虽然很愿意太太去，却拦住了她。他的讲礼貌与教师的身分胜过了怒气。杨太太不以为然，这是该当去的，而且是抱着客客气气的态度去，并且不想吵嘴打架。杨先生怕

杨先生是受过教育的小知识分子，为人处世有天真的一面，比如他会期待明家夫妇主动道歉；他又是懦弱的，比如面对明家的态度，他不敢动气，又要极力维护自己的尊严。

在处理"葡萄事件"过程中，杨太太的态度更坚决，比杨先生更有勇气，她决定要去对方家讨说法。

太太想他太软弱了，不便于坚决的拦阻。于是明太太与杨太太见了面。

杨太太很客气："明太太吧？我姓杨。"

明太太准知道杨太太是干什么来的，而且从心里头厌恶她："啊，我早知道。"

杨太太所受的教育使她红了脸，而想不出再说什么。可是她必须说点什么。"没什么，小孩们，没多大关系，拿了点葡萄。"

"是吗？"明太太的音调是音乐的，"小孩们都爱葡萄，好玩。我并不许他们吃，拿着玩。"

"我们的葡萄，"杨太太的脸渐渐白起来，"不容易，三年才结果！"

"我说的也是你们的葡萄呀，酸的；我只许他们拿着玩。你们的葡萄泄气，才结那么一点！"

"小孩呀，"杨太太想起教育的理论，"都淘气。不过，杨先生和我都爱花草。"

"明先生和我也爱花草。"

"假如你们的花草被别人家的孩子偷去呢？"

> 杨太太客客气气地去找明太太说理，反倒被明太太强硬蛮横地怼回来。

"谁敢呢？"

"你们的孩子偷了别人家的呢？"

"偷了你们的，是不是？你们顶好搬家呀，别在这儿住哇。我们的孩子就是爱拿葡萄玩。"

杨太太没法再说什么了，嘴唇哆嗦着回了家。见了丈夫，她几乎要哭。

杨先生劝了她半天。虽然他觉得明太太不对，可是他不想有什么动作，他觉得明太太野蛮；跟个野蛮人打吵子是有失身分的。但是杨太太不答应，他必得给她去报仇。他想了半天，想起来明先生是不能也这样野蛮的，跟明先生交涉好了。可是还不便于当面交涉，写封信吧，客客气气的写封信，并不提明太太与妻子那一场，也不提明家孩子的淘气，只求明先生嘱咐孩子们不要再来糟蹋花草。这像个受过教育的人，他觉得。他也想到什么，近邻之谊……无任感激……至为欣幸……等等好听的词句。还想象到明先生见了信，受了感动，亲自来道歉……他很满意的写成了一封并不十分短的信，叫

杨先生用写信的方式处理升级版的"葡萄事件"，考虑措辞，体现了小知识分子维护受教育的身份，天真幼稚，谨慎懦弱。

老妈子送过去。

明太太把邻居窝回去,非常的得意。她久想窝个像杨太太那样的女人,而杨太太给了她这机会。她想象着杨太太回家去应当怎样对丈夫讲说,而后杨氏夫妇怎样一齐的醒悟过来他们的错误——即使孩子偷葡萄是不对的,可是也得看谁家的孩子呀。明家孩子偷葡萄是不应当抱怨的。这样,杨家夫妇便完全怕了明家;明太太不能不高兴。

杨家的女仆送来了信。明太太的心眼是多的。不用说,这是杨老婆写给明先生的,把她"刷"了下来。她恨杨老婆,恨字,更恨会写字的杨老婆。她决定不收那封信。

杨家的女仆把信拿了走,明太太还不放心,万一等先生回来而他们再把这信送回来呢!虽然她明知道丈夫是爱孩子的,可是那封信是杨老婆写来的;丈夫也许看在杨老婆的面上而跟自己闹一场,甚至于挨顿揍也是可能的。丈夫设若揍她一顿给杨老婆听,那可不好消化!为别的事挨揍还可以,为杨老婆……她得预备好了，等丈夫回来，先垫下底儿——说杨家为点酸葡萄而来闹了一大阵，还说要给他写信要求道歉。丈夫听了这个，必定也可以不收杨老婆的信，而胜利完全是她自己的。

她等着明先生，编好了所要说的话语，设法把丈夫常爱用的字眼都加进去。明先生回来了。明太太的话很有力量的打动了他爱子女的热情。他是可以原谅杨太太的，假若她没说孩子们不好。她既然是看不起他的孩子，便没有可原谅的了，而且勾上他的厌恶来——她嫁给那么个穷教书的，一定不是什么好东西。赶到明太太报告杨家要来信要求道歉，他更从心里觉得讨厌了；他讨厌这种没事儿就动笔的穷酸们。在洋人手下作事，他晓得签字与用打字机打的契约是有用的；他想不到穷教书的人们写信有什么用。是的，杨家再把信送来，他决定不收。他心中那个黑点使他希望看看杨太太的字迹；字是讨厌的，可是看谁写的。明太太早防备到这里，她说那封信是杨先生写的。明先生没那么大工夫去看杨先生的臭信。他相信中国顶大的官儿写的信，也不如洋人签个字有用。

明太太派孩子到门口去等着，杨家送信来不收。她自己也没闲着，时时向杨家那边望一望。她得意自己的成功，没话找话，甚至于向丈夫建议，把杨家住的房买过来。明先生虽然知道手中没有买房的富余，可是答应着，因为这个建议听着有劲，过瘾，无论那所房是杨家的，还是杨家租住的，明家要买，它就得出卖，没有问题。明先生爱听孩子们说"赶明儿咱们买那个"。"买"是最大胜利。他想买房，买地，买汽车，买金物件……每一想到买，他便觉到自己的伟大。

杨先生不主张再把那封信送回去，虽然他以为明家不收他的信是故意污辱他。他甚至于想到和明先生在街上打一通儿架，可是只能这么想想，他的身分不允许他动野蛮的。他只能告诉太太，明家都是混蛋，不便和混蛋们开仗；这给他一些安慰。杨太太虽然不出气，可也想不起好方法；她开始觉得

> 明太太设计说辞，拒收对方的信件，经历了很复杂的心理过程，体现她坏心眼儿多，也为后文拒收被寄错的那封信造成更严重的后果埋下了伏笔。故事情节设计得很有层次。

作个文明人是吃亏的事,而对丈夫发了许多悲观的议论,这些议论使他消了不少的气。

夫妇们正这样碎叨唠着出气,老妈子拿进一封信来。杨先生接过一看,门牌写对了,可是给明先生的。他忽然想到扣下这封信,可是马上觉得那不是好人应干的事。他告诉老妈子把信送到邻家去。

明太太早在那儿埋伏着呢。看见老妈子往这边来了,唯恐孩子们还不可靠,她自己出了马。"拿回去吧,我们不看这个!"

"给明先生的!"老妈子说。

"是呀,我们先生没那么大工夫看你们的信!"明太太非常的坚决。

"是送错了的,不是我们的!"老妈子把信递过去。

"送错了的?"明太太翻了翻眼,马上有了主意,"叫你们先生给收着吧。当是我看不出来呢,不用打算诈我!"拍的一声,门关上了。

老妈子把信拿回来,杨先生倒为了难:他不愿亲自再去送一趟，也不肯打开看看；同时，他觉得明先生也是个混蛋——他知道明先生已经回来了，而是与明太太站在一条战线上。怎么处置这封信呢？私藏别人的信件是不光明的。想来想去，他决定给外加一个信封，改上门牌号数，第二天早上扔在邮筒里；他还得赔上二分邮票，他倒笑了。

　　第二天早晨，夫妇忙着去上学，忘了那封信。已经到了学校，杨先生才想起来，可是不能再回家去取。好在呢，他想，那只是一封平信，大概没有什么重要的事，迟发一天也没多大关系。

　　下学回来，懒得出去，把那封信可是放在书籍一块，预备第二天早上必能发出去。这样安排好，刚要吃饭，他听见明家闹起来了。明先生是高傲的人，不愿意高声的打太太，可是被打的明太太并不这样讲体面，她一劲儿的哭喊，孩子们也没敢闲着。杨先生听着，听不出怎回事来，可是忽然想起那封信，也许那是封重要的信。因为没得到这封信，而明先生误了事，所以回家打太太。这么一想,他非常的不安。他想打开信看看,又没那个勇气。不看,又怪憋闷得慌,他连晚饭也没吃好。

饭后,杨家的老妈子遇见了明家的老妈子。主人们结仇并不碍于仆人们交往。明家的老妈子走漏了消息:明先生打太太是为一封信,要紧的信。杨家的老妈子回家来报告,杨先生连觉也睡不安了。所谓一封信者,他想必定就是他所存着的那一封信了。可是,既是要紧的信,为什么不挂号,而且马马虎虎写错了门牌呢?他想了半天,只能想到商人们对于文字的事是粗心的。这大概可以说明他为什么写错了门牌。又搭上明先生平日没有什么来往的信,所以邮差按着门牌送,而没注意姓名,甚至或者不记得有个明家。这样一想,使他觉出自己的优越,明先生只是个会抓几个钱的混蛋。明先生既是混蛋,杨先生很可以打开那封信看看了。私看别人的信是有罪的,可是明先生还会懂得这个?不过,万一明先生来索要呢?不妥。他把那封信拿起好几次,到底不敢拆开。同时,他也不想再寄给明先生

杨先生几番心理挣扎后,最终把送错的信和劝告明家管束孩子的信一起邮寄给明家,体现了小知识分子的教养和善良。

了。既是要紧的信，在自己手中拿着是有用的。这不光明正大，但是谁叫明先生是混蛋呢，谁叫他故意和杨家捣乱呢？混蛋应受惩罚。他想起那些葡萄来。他想着想着可就又变了主意，他第二天早晨还是把那封送错的信发出去。而且把自己寄的那封劝告明家管束孩子的信也发了；到底叫明混蛋看看读书的人是怎样的客气与和蔼；他不希望明先生悔过，只教他明白过来教书的人是君子就够了。

　　明先生命令着太太去索要那封信。他已经知道了信的内容，因为已经见着了写信的人。事情已经有了预备，可是那封信不应当存在杨小子手里。事情是这样：他和一个朋友借着外国人的光儿私运了一些货物，被那个笃信宗教而很发财的洋人晓得了；那封信是朋友的警告，叫他设法别招翻了洋人。明先生不怕杨家发表了那封信，他心中没有中国政府，也没看起中国的法律；私运货物即使被中国人知道了也没多大关系。他怕杨家把那封信寄给洋人，证明他私运货物。他想杨先生必是这种鬼鬼祟崇的人，必定偷看了他的信，而去弄坏他的事。他不能自己去讨要，假若和杨小子见着面，那必定得打起来，他从心里讨厌杨先生这种人。他老觉得姓杨的该挨顿揍。他派太太去要，因为太太不收那封信才惹起这一套，他得惩罚她。

明太太不肯去，这太难堪了。她楞愿意再挨丈夫一顿打也不肯到杨家去丢脸。她耗着，把丈夫耗走，又偷偷的看看杨家夫妇也上了学，她才打发老妈子向杨家的老妈子去说。

杨先生很得意的把两封信一齐发了。他想象着明先生看看那封客气的信必定悔悟过来，而佩服杨先生的人格与手笔。

明先生被洋人传了去，受了一顿审问。幸而他已经见着写错了门牌的那位朋友，心中有个底儿，没被洋人问秃露了。可是他还不放心那封信。最难堪的是那封信偏偏落在杨穷酸手里！他得想法子惩治姓杨的。

回到了家，明先生第一句话是问太太把那封信要回来没有。明太太的心眼是多的,告诉丈夫杨家不给那封信,这样她把错儿都从自己的肩膀上推下去,<u>明先生的气不打一处而来,就凭个穷酸教书的敢跟明先生斗气。哼!他发了命令,叫孩子们跳过墙去,先把杨家的花草都踩坏,然后再说别的。孩子们高了兴,把能踩坏的花草一点也没留下。</u>

> 明先生的报复心极重,对"葡萄事件"一点悔意都没有,还用家长下令的方式进一步升级矛盾,体现了明先生一家的自私、霸道、蛮不讲理。

孩子们远征回来,邮差送到下午四点多钟那拨儿信。明先生看完了两封信,心中说不出是难受还是痛快。那封写错了门牌的信使他痛快,因为他看明白了,杨先生确是没有拆开看;杨先生那封信使他难过,使他更讨厌那个穷酸,他觉得只有穷酸才能那样客气,客气得讨厌。冲这份讨厌也该把他的花草都踏平了。

杨先生在路上,心中满痛快:既然把那封信送回了原主,而且客气的劝告了邻居,这必能感动了明先生。

一进家门,他楞了,院中的花草好似垃圾箱忽然疯了,一院子满是破烂儿。他知道这是谁作的。可是怎办呢？他想要冷静的找主意，受过教育的人是不能凭着冲动作事的。但是他不能冷静，他的那点野蛮的血沸腾起来，他不能思索了。扯下了衣服，他捡起两三块半大的砖头，隔着墙向明家的窗子扔了去。哗啦哗啦的声音使他感到已经是惹下祸，可是心中痛快，他继续着扔；听着玻璃的碎裂。他心里痛快，他什么也不计较了，只觉得这么作痛快，舒服，光荣。他似乎忽然由文明人变成野蛮人，觉出自己的力量与胆气，像赤裸裸的洗澡时那样舒服，无拘无束的领略着一点新的生活味道。他觉得年轻，热烈，自由，勇敢。

把玻璃打的差不多了，他进屋去休息。他等着明先生来找他打架，他不怕，他狂吸着烟卷，仿佛打完一个胜仗的兵士似的。等了许久，明先生那边一点动静没有。

明先生不想过来，因为他觉得杨先生不那么讨厌了。看着破碎玻璃，他虽不高兴，可也不十分不舒服。他开始想到有嘱告孩子们不要再去偷花的必

济南的冬天

要，以前他无论怎样也想不到这理；那些碎玻璃使他想到了这个。想到了这个，他也想起杨太太来。想到她，他不能不恨杨先生；可是恨与讨厌，他现在觉出来，是不十分相同的。"恨"有那么一点佩服的气味在里头。

　　第二天是星期日，杨先生在院中收拾花草，明先生在屋里修补窗户。世界上仿佛很平安，人类似乎有了相互的了解。

这个结尾很有讽刺性，作者在思考不同文化背景下的人们如何有效沟通，文明沟通没有效果，野蛮沟通却换来了意想不到的太平。

抓药

日本兵又上齐化门外去打靶。照例门脸上的警察又检查来往的中国人,因为警察们也是中国人,中国人对防备奸细比防备敌人更周到而勇敢些,也许是因为事实上容易而妥当些;巡警既不是军人,又不管办外交。

牛家二头的大小棉袄的钮子都没扣着,只用蓝布搭包松松的拢住,脖子下面的肉露着一大块,饶这么着,他还走的发燥呢。一来是走的猛,二来也是心里透着急。父亲的病一定是不轻;一块多钱,这剂药!家离齐化门还有小十里子呢。齐化门就在眼前了,出了城,抄小道走,也许在太阳压山以前能把"头煎"吃下去。他脚底下更加了劲,一手提

> 从牛二头的外貌描写看出他是一个朴实、孝顺的人。

着药包，一手攥着个书卷。

门脸上挤着好多人，巡警们在四外圈着。二头顾不得看热闹，照直朝城门洞走。

"上哪去？"

城洞里嗡嗡了半天。

二头顾不得看这是对谁喊的，照直往前走；哼，门洞里为什么这样静悄悄的？

"孙子！说他妈的你哪；回来！"

二头耳中听到这个，膀子也被人捉住了。

"爸爸等着吃药呢！"他瞧明白了，扯他的是个巡警。"我又没偷谁！"

"你爷爷吃药，也得等会儿！"巡警把二头推到那群人里。

那群人全解衣扣呢；二头不必费这道手，他的扣子本来没扣着。有了工夫细看到底是怎么回事：这群人分为三等，穿绸缎的站在一处，穿布衣服而身上没黑土的另成一组，像二头那样打扮的是第三组。第一组的虽然也都解开钮扣，可是巡警只在他

> 这一段写巡警照例检查，把人分为三等，检查时也是三种态度，尤其对待第三组时极尽嘲讽和轻视，这是群在底层百姓面前飞扬跋扈的刽子手。

们身上大概的摸一摸。摸完,"走!"二头心里说:"这还不离,至多也就是耽误一顿饭的工夫;出了城咱会小跑。"轮到了第二组,不那么痛快了,小衣裳有不平正的地方要摸个二次了。摸着摸着,摸到了一个四十多岁的红鼻子。红鼻子不叫摸:"把你们的头叫来!"巡长过来了:"哟!三爷!没看见您,请吧;差事,没法子;请吧!"红鼻子连笑也没笑:"长着点眼力;这是怎说的!"抹了红鼻子一把,出了城。好大半天,轮到了二头们。"脱了,乡亲们,冻不死!"巡警笑着说。"就手儿您替拿拿虱子吧,劳驾!"一个像拉车的说。"别废话,脱了过过风!"巡警扒下了一位的棉袄,抖了两三下。棉袄的主人笑了:"没包涵,就是土多点!"巡警听了这句俏皮的话,把棉袄掷在土路上:"爽性再加点分量。"

剩不到几个人了,才轮到二头;在二头以后来到的都另集在一处等着呢。

"什么?"巡警指着二头的手问。

"药。"

"那个卷,我说的是。"

"一本书,在茅厕里捡的。"

"拿来。"

巡警看了看书皮,红的;把书交给了巡长。巡长看了看书皮,红的;看了看二头。巡长翻了两页,似乎不得要领,又充分的沾了唾沫,连着翻了十来页,愣了会儿,抬头看了看城门,又看了二头一眼:"把他带进去!"一个巡警走过来。

二头本能的往后退了一步,心里知道要坏,虽然不知道为什么。

"爸爸还等着吃药呢!书是在茅厕里捡的!"

"不老老实实的可是找揍,告诉你!"巡警扯住二头的脖领儿。

"爸爸等着吃药呢!"二头急是急,可是声儿不高,嗓子仿佛是不大受使了。

"揪着他走!"巡长的脸上白了些,好像二头身上有炸弹似的。

急是没用，不走也不行，二头的泪直在眼圈里转。

进入派出所。巡警和位胖的巡官嘀咕了几句。巡官接过那本书去，看了看。

胖胖的巡官倒挺和气："姓什么呀？""呀"字拉得很长，好似唱文明戏呢。

"牛，牛二头。"二头抽了抽鼻子。

"啊，二头。在什么村住呀？"

"十里铺。"

"啊，十里铺；齐化门外头。"巡官点点头，似乎赞叹着自己的地理知识，"进城干什么来啦？""啦"字比"呀"还长一些。

"抓药，爸爸病了！"二头的泪要落下来。

"谁的爸爸呀？说清楚点。好在我不多心。来，我问你，好好的告诉我，不许撒谎。这本书是谁给你的呀？"

"在茅厕里捡的。"

"你要是不说实话，我可就要来厉害的了！"胖

济南的冬天

巡官显得更胖了些，或者是生气的表现。"年轻轻的，不要犯牛劲；你说了实话，没你的事，我们要的是给你这本书的人，明白不明白呀？"

"我起誓，真是捡来的！书，我不要了，放我走得了！"

"那你可走不了！"胖巡官又看了看那本书，而后似乎决定了不能放走二头。

"老爷，"二头真急了："爸爸等着吃药呢！"

"城外就没有药铺，单得进城来抓药？有事故吗！"巡官要笑又不肯笑，非常满足自己的智慧。

"大夫嘱咐上怀德堂来抓，药材道地些。老爷，我说老爷，放了我吧；那本书不要了，还不行？！"

"可就是不行！"

当天晚上，二头被押解到公安局。

创造家"汝殷"和批评家"青燕"是仇人，虽然二人没见过面。汝殷以写小说什么的挣饭吃，青燕拿批评作职业。在杂志上报纸上老是汝殷前面

青年牛二头为父亲抓药，半途尿急上了趟厕所，捡到一本"红"书，被关进了牢房。牛二头一辈子也想不明白为啥捡了本书就遭遇牢狱之灾。

这是另一个故事，作家汝殷和批评家青燕的故事，这一段讲了他们二人仇怨的原因——批评家青燕对汝殷作品的不切实际的批评。

走,青燕后面紧跟。无论汝殷写什么,青燕老给他当头一炮——意识不正确。汝殷的作品虽并不因此少卖,可是他觉得精神的胜利到底是青燕的。他不晓得:买他的书的人,当拿出几角钱的时候,是否笑得格外的体恤,而心中说:"管他的意识正确不正确,先解解闷是真的!"他不希望这是实在的情形,可是"也许有真佩服我的?"老得是个自慰的商人,当他接到一些稿费或版税的时候,他总觉得青燕在哪儿窃笑他呢:"哈,又进了点钱?那是我的批评下的漏网之鱼!你等着,我还没跟你拉倒了呢!"他似乎听见那位批评者这么说。

可巧有一回,他们俩的相片登印在一家的刊物上,紧挨着。汝殷的想象更丰富了些。相片上的青燕是个大脑袋,长头发,龙睛鱼眼,哈巴狗鼻子;往好里说,颇像苏格拉底。这位苏格拉底常常无影无声的拜访汝殷来。

自然,汝殷也有时候恶意的想到:就"青燕"这个笔名看,大概不过是个蝴蝶鸳鸯派的小卒。如今改了门路，专说"意识不正确"。不必理他。可是消极的自慰终胜不过积极的进攻；意识不正确的炮弹还是在他的头上飞。

意识怎么就正确了呢？他从青燕的批评文字中找不到答案。青燕在这里不大像苏格拉底了。苏格拉底好问，也预备着答；他会转圈儿，可也有时候把自己转在里面。青燕只会在百米终点，揪住腿慢的揍嘴巴。汝殷不得不另想主意了。他细心的读了些从前被称为意识正确的作品——有的已经禁止售卖了。这使他很失望，因为那些作品只是些贫血的罗曼司。他知道他自己能作比这强得很的东西。

他开始写这样的小说。发表了一两篇之后，他天天等着青燕的批评，批评来了：意识不正确！

他细细把自己的与那些所谓正宗的作品比较了一下，他看出来：他的言语和他们的不同，他的是国语，他们的是外国话。他的故事也与他们不一样，他表现了观察到的光与影，热诚与卑污，理想与感情；他们的只是以"血"，"死"，为主要修辞

> 作者用了一个生动的比喻对批评家青燕进行批评。

的喜剧。

可是,他还落个意识不正确!

他要开玩笑了,专为堵青燕的嘴。他照猫画虎的,也用外国化的文字,也编些有声而不近于真实的故事,寄给一些刊物。

奇怪的是,这些篇东西不久就都退回来了;有一篇附着编辑人的很客气的信:"在言论不自由的时期,红黄蓝白黑这些字中总有着会使我们见不着明天的,你这次所用的字差不多都是这类的……"

汝殷笑得连嘴都闭不上了。原来如此!文字真是会骗人的东西的。写家,读者,批评者,检查者,都是一个庙里排出来的!

他也附带的明白了,为什么青燕只放意识不正确的炮,而不说别的,原来他是"怕"。这未免太公道了。他要戏弄青燕了。他自己花钱印了一小本集子,把曾经被拒绝的东西都收在里面。他送给青燕一本,准知道由某刊物的编辑部转投,是一定可以被接到的。这样,虽然花了几个钱,心中却很高

汝殷看得透彻,同时他也很狡猾,自己花钱印小集子,引诱青燕来评论。

兴:"我敢印这些东西,看他敢带着拥护的意思批评不敢!"

　　青燕到□□杂志社编辑部去,看看有什么"话"没有。他的桌上有三封信,一个纸包。把信看完,打开了纸包,一本红皮的书——汝殷著。他笑了。他很可怜汝殷。作家多少都有些可怜——闯过了编辑部的难关,而后还得挨批评者的雷。但是批评者不能,绝对不能,因为怜悯而丢掉自家的地位。故意的不公平是难堪的事,他晓得;可是真诚的公平是更难堪的:风气,不带刺儿的不算批评文字!青燕是个连苍蝇都不肯伤害的人。但是他拿批评为业,当刽子手的多半是为吃饭呀。他都明白,可是他得装糊涂。他晓得哪个刊物不喜欢哪个作家,他批评的时候把眼盯住这一点,这使他立得更稳固一些。也可以说,他是个没有理想的人;但是把情形都明白了,他是可以被原谅的。说真的,他并不是有心和汝殷作对。他不愿和任何人作对,但批评是批评。设若他找到了比"意识不正确"更新颖的词句,他早就不用它了;他并不跟这几个字有什么好感。不过,既得不到更新鲜而有力的,那也只好将就的用着这个,有什么法儿呢。

他很想见一见汝殷,谈一谈心,也许变成好友呢。是的,即使不去见他,也应当写封信去劝劝——乘早把这本小红皮书收回去,有危险。设若真打算干一下的话,吸着烟琢磨"之乎者也"是最没用的,那该另打主意。创作与批评,无论如何也到底逃不出去之乎者也。彼此捧场与彼此敌视都只是费些墨水与纸张,谁也不会给历史造出一两页新的来。文学史和批评史还是自家捧自家;没有它们,图书馆不见得就显出怎么空寂。

青燕鼻子朝上哼了一声。把书卷起来,拿在手中,离开了编辑部。

走到东四牌楼南边,他要出恭。把书放在土台上,好便于搂起棉袍。他正堵住厕所的门立着,外面又来了个人。他急于让位,撩着衣服,闭着气,就往外走。

看到这里就明白了牛二头没有撒谎,这本"红"书联系起了两个风马牛不相及的故事。

济南的冬天

走出老远,他才想起那本书。但是不愿再回去找寻。没有书,他也能批评,好在他记住了书名与作家。

二头已经被监了两天。他莫名其妙,那本书里到底有什么呢?只记得,红皮,薄薄的;他不认识字。他恨那本小书,更关心爸爸的病,这本浪书要把爸爸的命送了!他们审他;"在茅厕里捡的,"他还是这一句。他连书是人写的,都想象不到;干什么不好,单写书?他捡了它;冬天没事还去捡粪呢;书怎么不该捡呢?

> 这段心理描写体现出牛二头的无知,他不懂当时社会的政治文化环境。

"谁给你的?"他们接二连三的问。

二头活了二十年了,就没人给过他一本书;书和二头有什么关系呢?他不能造个谣言,说:张家的二狗,或李家的黑子给他的。他不肯那样脏心眼,诬赖好人。至于名字像个名字的,只有村里的会头孟占元。只有这个名字,似乎和"黄天霸","赵子龙",有点相似,都像书上的。可是他不能把会头扳扯上。没有会头,到四月初往妙峰山进香的时候,谁能保村里的"五虎棍"不叫大槐树的给压下去呢?!但是一想起爸爸的病,他就不能再想这些个了。他恨不能立刻化股青烟,由门缝逃出去!那本书!那本书!是不是"拍花子"的迷魂药方子呢?

又过了一天!他想,爸爸一定是死了!药没抓来,儿子也不见了,这一急也把老头子急死过去!爸爸一定是死了,二头抱着脑袋落泪,慢慢的不由自己的哭出声来。

哭了一阵,他决定告诉巡警们:书是孟占元给他的,只有这三个字听着有书气:"二狗","黑子",就连"七十儿",都不像拿书给人的材料。

继而一想,不能这么办,屈心!那本书"是"捡来的。况且,既在城里捡的,怎能又是孟占元送给他的呢?不对碴儿!又没了办法,又想起父亲一定是死了。家里都穿上了孝衣,只是没有二头!真叫人急死!

到了晚，又来了个人——年轻轻的，衣服很整齐，可是上着脚镣。二头的好奇心使他暂时忘了着急。再说，看着这个文诌诌的人，上着脚镣，还似乎不大着急，自己心中不由的也舒展了些。

后来的先说了话："什么案子，老乡亲？"

"捡了一本书，我操书的祖宗！"二头吐了一口恶气。

"什么书？"青年的眼珠黑了些。

"红皮的！"二头只记得这个，"我不认识字！"

"呕！"青年点了点头。

都不言语了。待了好久，二头为是透着和气，问："你，你什么——案子？"

"我写了一本书。"少年笑了笑。

"啊，你写的那本浪书，你？"二头的心中不记得一个刚会写书的人，这个人既会写书，当然便是写那本红皮书的人了。他不能决定怎么办好。他想打这个写书的几个嘴巴，可是他知道这里巡警很多；已经遭了官司，不要再祸上添祸。不打他吧，

> 写书的和捡书的人互相不理解,反映了当时的社会现状——知识分子和农民之间有着巨大的思想隔阂。

心中又不能出气。"没事儿,手闲得很痒痒,写他妈的浪书!"他瞪着那个人,咬着牙。

"那是为你们写的呢。"青年淘气的一笑。

二头真压不住火了:"揍你个狗东西!"他可是还没肯动手。他不知道为什么有点怕这个少年,或者因为他的像貌、举动、年龄、打扮,与那双脚镣太不调和。这个少年,脸上没有多少血色,可是皮肤很细润。眼睛没什么精神,而嘴上老卷着点不很得人心的笑。身上不胖,细腿腕上绊着那些铁镣子!二头猜不透他是干什么的,所以有点怕。

少年自己微笑了半天,才看了二头一眼。"你不认识字?"

二头愣了会儿,本想不回答,可是到底哼了一声。

"在哪里捡的那本书?"

"茅厕里;怎着?"

"他们问你什么来着?"

"你管——"二头把下半句咽了回去,他很疑心,可又有点怕这个青年。

"告诉我，我会给你想好主意。"青年的笑郑重了些，可是心里说，"给你写的浪书，你不认识，还能不救救你吗？"

"他们问，谁给我的，我说不上来。"

"好比说，我告诉他们，那是我落在茅房里的，岂不是没了你的事？"青年的笑又有些无聊了。

"那敢情好了！"二头三天没笑过了，头一次抿了嘴，"现在咱们就去？"

"现在不行，得等到明天他们问我的时候。"

"爸爸的病！还许死了呢！"

"先告诉我，在哪儿捡的？"

"东四牌楼南边，妈的这泡尿撒的！"二头忽然感觉到一种说不出来的难过。他想不出一句合适的话来形容它，只觉得心中一阵茫然，正像那年眼看着蝗虫把谷子吃光那个情景。

"你穿着这身衣服？拿着什么？"

"这身；手里拿着个药包。"二头说到这里，又想起爸爸。

青燕回到自己的屋中，觉得非常的不安坦，他还没忘下汝殷。在屋中走了几个来回，他笑了；还是得批评。只能写一小段，因为把书丢了。批评惯了，范围自然会扩张的，比如说书的装订与封面；批评家是可以自由发表审美的意见的："假如红色的书皮可以代表故事的内容，汝殷君这次的戏法又是使人失望的。他只会用了张红纸，厚而光滑的红纸，而内容，内容，还是没有什么正确的意识！"他写了下去。没想到会凑了七八百字，而且每句，在修辞上，都有些表现权威的力量。批评也得成为文艺呀。他很满意自己笔底下已有了相当的准确——所写的老比所想的严厉，文字给他的地位保了险。他觉得很对不起汝殷，可是只好对不起了。有朝一日，他会遇到汝殷，几句话就可以解释一切的。写家设若是拿幻拟的人物开心，批评者是拿写家开心的，没办法的事！他把稿子又删改了几个字，寄了出去。

济南的冬天

过了两天，他的稿子登出来了。又过了两天，他听到汝殷被捕的消息。

青燕一点也不顾虑那篇批评：写家被捕不见得是因为意识正确。即使这回是如此，那也没多大的关系，除了几个读小说的学生爱管这种屁事，社会上有几个人晓得有这么种人——批评家？文字事业，大体的说，还不是瞎扯一大堆？他对于汝殷倒是真动了心。他想起一点什么意义。这个意义还没有完全清楚，他只能从反面形容。那就是说，它立在意识正确或不正确的对面。真的意义不和瞎扯立在一块。正如形容一个军人，不就是当了兵。他忽然想明白了，那个意义的正面是造一两页新历史，不是写几篇文章。他以前就这样想过，现在更相信了。可是，他想营救汝殷，虽然这不在那个"意义"之中。

又过了几天，二头才和汝殷说了"再见"。

二头回到家中，爸爸已然在两天前下葬了。二头起了誓，从此再不进城去抓药！